JN315553

二見文庫

満員電車

霧原一輝

目次

第一章　痴漢された嫁　7
第二章　女の細い指　46
第三章　一線を越えて……　77
第四章　映画館の中　124
第五章　黒下着の女　168
第六章　満員電車　211

満員電車

第一章　痴漢された嫁

1

岡村修吾《おかむらしゅうご》が新宿《しんじゅく》始発の私鉄電車のホームに立ったとき、停車中の急行はすでに満員に近かった。

混雑した電車に乗るのは一年ぶりだ。

昨年、勤めていた会社を定年退職して、一年経ち、そろそろ尻がむずむずしてきた。働こうと決め、今日、知人から紹介された会社の面接を受けた。

知人は辞めた商社時代の同僚で今は役員をしている。面接を受けたのは勤めていた商社の子会社であり、感触は悪くなかった。採用される可能性は高いが、この不況下で断言はできない。

一本電車を待とうかとも思ったのだが、この急行を逃すと次は普通電車だから時間がかかる。迷いを振り切って、急行に乗り込んだ。

帰宅ラッシュと重なって、車内は立錐《りっすい》の余地もないほどの混《こ》みようだ。発車時刻までの数分間にどんどん客が乗ってくる。修吾は人込みの圧迫を避けて、少し横にずれ、吊り革につかまった。

人いきれがする。階層の違った男女の微妙な体臭や整髪料の匂いなどが、じくじくと押し寄せてくる。

(俺はこんな電車に何十年も乗っていたんだな……)

一年、満員電車を経験していなかったせいか、今になってあの頃は大変なことを平気でしてきたのだとあらためて思う。もっとも、今日面接した会社に採用になれば、また通勤地獄を体験することになるのだが。

発車間際に、駆け込み乗車してきたスーツ姿の女を見て、あっと思った。

千香《ちか》──息子・岡村周平《しゅうへい》の嫁だった。

千香は周平と二年前に結婚して、修吾がローンで建てた家に一緒に住んでいる。結婚したのが二十六歳だったから、今は二十八歳。

二人の間にはまだ子供がいないこともあって、千香は以前に勤めていた会社で、今も週に四日ばかりパートとして働いている。

周平の仕事が夜遅くなることが多いので、この時間に帰宅して夕食の用意をしても充分に間に合うというわけだ。

すぐに自動ドアが閉まり、電車が静かに動き出した。

千香はドアに向く形で、こちらに背中を向けている。

声をかけようとも考えたが、この距離で、しかもこの混みようでは、話しかけたところでどうしようもない。

千香は修吾には気づかない様子で、地下を出た電車のドアから外の景色を眺めている。

斜め後ろから見る息子の嫁は、いつものごとく楚々《そそ》として美しい。

周平にこの人と結婚するからと、千香を紹介されたときは、ととのった顔をした女だと思ったものの、一瞬にして男を魅了する煌《きらめ》きや派手さはなく、大人しい感じの女で、妻にするにはちょうどいいのではないかという印象を受けた。

だが、同居して一年経ち、千香の良さがしみじみわかってきた。

心身ともにたおやかな魅力があって、いつの間にか惹《ひ》きつけられてしまう。

家にいても、妙な自己主張はせずに、周りとの調和を大切にする。忍耐力があって、周平の多少無理な注文もいやがらずに受け止める。

家事もきちんとするし、修吾への対応も礼儀正しく、近所とのつきあいも過不足なくこなし、「おたくはいいお嫁さんもらったわね」とよく言われる。

だが、何かの折りにふと思い詰めたような表情を見せることがあって、それを目にすると、千香は何に耐えているのだろうか、と疑問に思う。また同時にそのいじらしい表情に心が動く。

今も、柔らかくウエーブした黒髪をクリーム色のスーツの肩に散らして、うつむいて目を閉じている。儚《はかな》げで繊細な横顔は、何かしてあげたい、護《まも》ってあげなければ、という気持ちを男に起こさせる。

千香は背後に立っている男性に押されているのか、時々つらそうに顔をしかめる。

自宅の最寄り駅であるM駅には、急行でも二十分はかかる。その間に停車駅が二つ。しばらくはこの芋洗い状態がつづくだろう。

(女性は男よりも、満員電車は大変だろうな)

カーブのたびに揺れる車内で、修吾は吊り革をつかむ手に力を込め、押し寄せてくる人の圧力を足を踏ん張ってこらえる。

千香に目をやったとき、様子がおかしいことに気づいた。

ちらっと後ろを振り返り、背後の男を牽制《けんせい》し、前を向いてもぞもぞする。

千香の後ろに立つ男は背は低いががっちりした体格で、年齢は四十代後半といったところか。二重顎で頬《ほお》の肉もたるんでいる。

バリッとした背広を着ているところを見ると、会社の役付きクラスか。あまり女にもてそうにもない感じだが、がっちりした体軀《たいく》からは周囲を威圧する殺気のようなものが感じられる。

千香がもう一度男を振り返って、困ったような、咎《とが》めるような顔をした。

だが、男が動じないのを見て、男に背を向ける。

スーツに包まれた肢体を右に左に移動させて、男から逃れようとしているようにも見える。

(まさか……、痴漢……か?)

新宿から郊外に向かうこの私鉄は、痴漢が多いことで悪名をはせている。

もし、千香が痴漢に遭っているなら、救ってやらなければならない。

距離を縮めようとしたとき、千香がうつむいて、目を閉じるのが見えた。

（えっ……？）

踏み出した足が止まった。

がっくりと首を折るその姿に、性的な昂《たかぶ》りのようなものを感じ取ったからだ。

家では、決して露出過剰な服装はしない。下ネタに話が及べば、いつの間にか姿を消す。性的には潔癖とさえ言える千香が、痴漢されて感じるなんてことがあるのだろうか？

だが、目の前のこの光景をどう説明したらいいのか？

車内は明るく外は暗い。自動ドアの窓ガラスが鏡のようになって、千香の姿が映り込んでいた。

アーチ形の眉根を折り曲げて、ぷっくりとした小さくて形のいい唇をつらそうに嚙《か》んでいる。

時々あがるその細面には、女が閨《ねや》の床で見せる悩ましい表情が刻まれているようにも見える。

そのとき、千香の顔がスローモーションフィルムでも見ているようにゆっくりとあがり、嚙みしめていた歯列がほつれた。

「あっ……」という声が聞こえそうな口の開き方に、ドクッと下腹部のものが脈打った。

三年前に長年連れ添ってきた妻を病気で亡くし、それ以来、たまに風俗に行く程度で、特定の女性はいない。

何かの折りに下腹部が疼《うず》いたときは、自分で済ませていた。

だが、今、修吾のムスコはこれまでの無きに等しい性生活が嘘《うそ》のように、力を漲《みなぎ》らせつつある。

痴漢を止めようという思いが宙に浮き、湧《わ》きあがる倒錯した感情をどう扱っていいのかわからない。

息子の嫁が痴漢され、それを見て、自分は明らかに昂奮《こうふん》している——。あってはならないことだ。

電車が徐々にスピードを落とし、停車駅でガクンと停《と》まった。

不幸なことに、開いたのは、二人がいるのとは反対側のドアだった。

客が押し出されるようにホームに降りて、わずかな客が乗り込んだ。

混雑が少しだけ緩和されて、二人の様子を斜め後ろから見ることができた。

アッと声をあげそうになった。

男の右手がスカートの上から、千香の尻たぶを大胆に撫《な》でまわしているのが見えたのだ。

この女はもう抵抗できない、俺のものだ――。

そう確信しているような触り方だ。

千香は時々腰を揺するものの、それが男の手から逃れようとしてのことなのか、感じてしまっているせいなのか区別がつかない。

太った男は周囲に視線をやってから、右手をおろした。その手がスカートをまくりあげながら、左右の太腿《ふともも》の間に姿を消した。

(えっ……? そこまでするのか!)

クリーム色のボックススカートがまくれて、肌色のパンティストッキングの光沢を放つ太腿がかなり際どいところまであらわになっている。

ドキッとして、修吾は目をそむけた。見てはいけないもののような気がする。

(明らかな痴漢なのだから、義父の自分がやめさせるべきだ)

そんな思いも当然ある。だが、体ばかりか心まで金縛りにあったようで、動けない。

スカートのなかに忍び込んだ男の右手が股間を愛撫《あいぶ》しているのが、スカートの波打つような動きでわかる。

そして、千香はまるで触ってくださいとばかりに、尻を男に向けてせりだしている。

（千香さん、あんたは……？）

千香のように性的に潔癖な女が、どこの馬の骨ともわからない男の指に身をゆだねていることに、強い違和感がある。

ドアのガラス窓に、今にも泣き出さんばかりに眉根を寄せ、唇を噛みしめている千香の顔が映り込んでいる。

時々唇を開いて、「あっ」と洩《も》れそうになる吐息を、手の甲を持っていって必死に押し殺し、尻を男に向けて突き出し、股間をなぶられるがままになっている。

耳鳴りがしていた。

これまでにも経験した耳鳴りだった。何かの折りに昂奮しすぎると、頭がカッと灼《や》けて、耳のなかでゴーッと潮騒《しおさい》に似た音が鳴るのだ。

（そうか、俺は今ものすごく昂っているんだな）

他の乗客は見事なまでに頭から消えていた。心を占めているのは、千香と痴漢男と自分だけ。

男はこの女はもう逃れられないと確信したのか、我が物顔で千香を抱きかかえるようにして、髪の毛に顔を押しつけた。

修吾は、千香の柔らかく波打つ髪が絹糸のようにさらさらで、いつもいい匂いがすることを知っている。その髪に、醜悪な男の鼻面が擦《こす》りつけられている。

そのとき、電車がブレーキをかけて速度を落とした。

停車駅で停まり、反対側のドアが開き、何人かが降りて、同じくらいの客が乗ってきた。修吾と千香が降りるのは次のM駅で、約七分かかる。

相手は息子の嫁だ。止めるべきだろうか？　だがここで声をかければ、千香だってばつが悪いだろう。

それ以前に、修吾は昂奮してしまっている。おぞましいことと知りつつも、千香がどうなるかを見届けたい気持ちが勝ってしまっている。

二人の周囲にはまるで他の者が入り込むことのできないバリアが張られているようで、傍の中年サラリーマンなどは痴漢に気づいているはずなのに、見て見ぬふりをしている。二人が他人の入り込めない淫靡《いんび》で秘密めいた雰囲気を作っているのだ。

千香は他の者を意識しないようにしているのか、それとも自ら快楽に没頭しようとしているのか、ぎゅっと目を閉じていた。

そして、がっくりとうつむいている。時々、顔があがり、何かに酔っているような、困っているような表情を浮かべる。

また、顔を伏せて、唇を嚙みしめる。

スカートのなかの男の手がさかんに動いていた。下着のなかにまで入り込んでいるのだろうか？　さすられているのか、それとも、内部にまで指を挿入されているのだろうか？

遠目にも、千香の色白の顔が紅潮しているのがわかる。耳たぶは髪に隠れて見えないが、きっと薔薇色《ばらいろ》に染まっているだろう。

そのとき、千香の身体がふらっとして、倒れそうになった。

立っていられないといった様子で額をドアにあてて身体を支え、尻だけを後ろに突き出している。まるでもっと触ってくださいと言わんばかりに。

男の手が我が物顔にスカートの奥の秘密の部分を蹂躙《じゆうりん》しているのが、腕の筋肉の硬直や動きでわかる。

千香ががくっ、がくっと震えはじめた。

手をドアについているものの、顔の位置がすこしずつ下がり、今にも座り込んでしまいそうだ。

（痴漢されて、立っているのもやっとの状態なのだ。千香さんが、あの千香さんが……）

日常での清廉な千香と、今、目《ま》の当たりにしている千香がどうしても結びつかない。

そして、修吾の分身はズボンを突きあげて、先端からは先走りの粘液が精液のごとくにじんでいた。

降車駅まであと数分。

千香は深々とうつむき、ドアに前額部を押しつけ、唇を噛みしめている。スカートがまくれあがった腰が微妙に前後に揺れている。

今にも泣き出さんばかりの上気した顔がぐぐっとせりあがった。

降車駅まで後わずか。スカートに差し込まれた男の腕が、残り時間を知っているかのように活発に動き、たくしあがったスカートが波打ち、千香の身体も揺れている。

千香の震えがどんどん大きくなり、顔があがりはじめた。

手の甲をあてて、洩れそうになる声を必死に噛み殺している。

全身が地震にあったように揺れている。

繊細な顎がふいに突きあがった。

噛みしめられていた唇が音もなく開き、千香はいっそう顎をせりあげる。

がくん、がくんと揺れた。

その瞬間が過ぎると、うつむいて、もう顔をあげようとはしない。

（イッたのか？　痴漢されて気を遣《や》ったのか？）

電車がブレーキをかけて速度を落としたのは、その直後だった。

降車駅であるＭ駅では、二人のいるほうのドアが開く。それをわかっていたかのように、男が千香から離れた。

急行が停まり自動ドアが開くと、千香はホームへと降り立った。

その足元がふらついているのを見ながら、修吾も乗客をかき分けて、電車を降りる。

千香には同じ車輌に乗っていたことを知られたくない。

修吾は距離を取って、ホームを歩く。千香がこちらに気づかず、上りと下りのホームを繋《つな》ぐ階段を覚束《おぼつか》ない足取りであがっていくのが見えた。

2

同じ電車に乗っていたことを悟られないように、修吾は駅前の本屋で少し時間をつぶしてから帰路についた。

家はM駅から徒歩十分のところにある。修吾がローンで建てた建坪五十坪ほどの二階建てで、狭いながらも庭がある。

この家で妻と老後を送るはずだった。だが、その妻は三年前に癌《がん》で亡くなってもういない。修吾と若夫婦の三人暮らしではひろいくらいだが、そのうちに子供ができればちょうどよくなるだろう。

千香は少し前に帰っているはずだ。周平の帰宅はいつももっと遅い。

家のリビングに明かりが灯っているのを確認して、修吾は玄関の鍵を開けて入っていく。

廊下を進み、リビングに行っても、千香の姿はない。家はオープンキッチンの造りで、キッチンに立っていればわかるはずだ。

（おかしいな。二階の自室で休んでいるのか？）

頭をひねりながらも、手洗いとウガイのために洗面所に向かう。

洗面所は脱衣所もかねていて、バスルームと近接している。

引き戸を開けて洗面所に入っていくと、浴室でシャワーを使う水音が響いていた。ドアのすりガラスを通して、肌色のシルエットがぼんやりと見える。

（そうか、シャワーか……）

普段は、千香は帰ってすぐにシャワーを浴びることはない。

おそらく、痴漢された身体を洗い清めているのだ。

かなり強いシャワーの水音がつづいているから、義父が洗面所に入ってきたことに気づいていないようだ。

どうしようか迷ったが、手洗いだけさっさと済ますことに決めた。蛇口をひねろうと手を伸ばしたとき、洗面台の下の脱衣籠に、女ものの服と下着が脱いであるのが目に入った。

目が離せなくなった。

修吾がこの時間に帰ってくるとは思わず油断したのだろう。かなり乱雑にスカートやブラウスが脱いであり、その上にラベンダー色のブラジャーとパンティが載っていた。

ふいに、忌《い》まわしい欲望が衝《つ》きあがってきた。

もう一度バスルームを見る。強いシャワーの音が間断なく響き、肌色のシルエットの形で千香が立ってシャワーを浴びていることがわかる。

修吾は音を立てないように気をつけながら、脱衣籠の前にしゃがんだ。

いちばん上になっていたパンティをそっとつまみあげる。

側面に白いレース模様の入ったラベンダー色の布地は羽根のようにかるくて、すべすべだ。

(こんなこと、六十過ぎの男がやることじゃないな)

自分を責めながらも、柔らかな布を鼻に押しあてた。

シルクタッチの素材はつるつるだったが、ミルクのような体臭とともに香水の微香も混ざっていた。

(ああ、これが千香さんの匂いか)

甘美な匂いを、いっぱいに吸い込んだ。

まだ水音がやまないことを確認しながら、パンティを裏返した。

オッ――と出そうになった声を押し殺す。

二重になった基底部に、船底形の蜜のようなものが付着していた。

布地に染み込んだその上にさらに新たな粘液が重なった感じで、まるで、蜂蜜を塗りたくったようだ。

ぬめ光るものをそっと指でなぞると、ねっとりしたものが指に付着し、指腹を重ねて擦ると、意外にさらさらしている。

(千香さん、痴漢されてこんなに濡らしていたんだ……)

そう感じた途端に、股間のものが一気に力を漲らせた。

(ダメだ。こんなことをしてはダメだ……)

わかっていた。だが、やめられなかった。

きっと、あの痴漢シーンを見て、自分はおかしくなっているのだ——。

そのぬめ光るものを舐《な》めた。

ほとんど味はないが、愛蜜特有の匂いがパンティに染み込んだ体臭と香水とがブレンドされて、今まで味わったことのない濃厚なフレグランスが鼻孔いっぱいにひろがる。

ひと舐め、ふた舐めして、その甘露に酔いながらも、やはり自分は破廉恥なことをしているという思いは拭《ぬぐ》いきれず、それでもやめられないで、パンティを顔面に押しつけたとき、シャワーの水音がやんだ。

息を潜めて、パンティを脱衣籠に戻す。すると、一瞬静寂の訪れたバスルームから、

「あっ……くっ……」

と、千香の押し殺したような喘ぎが、洩れてきた。

(うんっ……?)

気配を消して、耳を傾ける。

「あっ……あっ……ぁうぅぅぅ……やっ、やっ……」

全身の血液が沸騰した。

目をやると、すりガラス越しに洗い椅子に腰かけた肌色のシルエットが浮かびあがっている。

千香が何をしているのか細かい部分までは見えない。だが、黒い部分、すなわち髪ががくん、がくんと揺れている。

そして、胸のふくらみを揉《も》みしだく手の動きと、おそらく太腿の奥に指を這《は》わせているだろう腕の位置までもがぼんやりとわかる。

自分であそこを慰めているのだ。

痴漢されて、下着に蛞蝓《なめくじ》の這ったような跡がつくまで恥肉を濡らし、ついには

その残滓《ざんし》を拭いきれないで、自宅で自慰をしている——。

また、耳鳴りがしてきた。

耳の近くで血液が流れる海鳴りにも似た音が響き、股間のものはあさましいほどにいきりたって、脈打つ。

右手で、股間のものを握りしめていた。

「あ……あっ、いや、やめて……やめ、て……ぁあぁぁぁうぅぅ」

こもった声が聞こえて、そのさしせまった女の声が修吾の昂奮を煽《あお》った。

ゆったりとしごいた。

痴漢されて、その残滓を自ら慰める息子の嫁のあられもない声——それを盗み聞きして、イチモツをしごいている修吾。

(最低の義父だ……)

そんな思いとは裏腹に、硬直を握りしめる指には力がこもり、信じられないほどに峻烈《しゅんれつ》な快感がうねりあがってくる。

「やっ……やっ……あっ、あっ、あっ……」

押し殺そうとしてもあふれでてしまう千香の嬌声《きょうせい》が、生々しさを増してくる。

今、修吾のなかでは、痴漢されて顎をせりあげていた千香の姿に、逼迫《ひっぱく》した喘ぎが重なっていた。自分でも制御できない快感が津波のごとく押し寄せてきて、膝が震えた。手のなかで分身が躍りあがった。

(おおぅ、千香さん……なんて、いやらしいんだ)

熱く脈動する肉の棹《さお》を夢中になってしごいた。

「ぁあぁ、ダメっ……ダメ、ダメ、ダメっ……イクぅ……はうっ」

肌色の人影がのけぞり、動かなくなった。

次の瞬間、体内を射精の快感が貫き、修吾は脳味噌《のうみそ》が痺《しび》れるような瞬間に身を任せる。

噴出した体液が握りしめている右手を濡らし、下着に溜《た》まるのがわかる。

精を放っているときは、この世のものとは思えない快感だった。

なのに、射精を終えると、後ろめたさが一気に押し寄せてきて、自分がしていることが急に怖くなった。

どのくらい静寂がつづいたのだろうか、ふたたびシャワーが迸《ほとばし》る音がして、千香が立ちあがるのがわかった。

シャワーの音に紛れるように、修吾はそっと洗面所を出た。

修吾は自室で着替えてリビングに戻る。ソファで休んでいると、シャワーを浴び終えた千香がやってきた。

電車で見たときとは違う白のニットを着て、スカートも膝丈の普段着に替えていた。当然、下着も替えたのだろう。

千香は、義父が帰宅しているとは予想していなかったのか、修吾の姿を認めて、ハッとして息を呑《の》み、

「お義父《とう》さま、お帰りになっていらしたんですね」

取り繕うように声をかけてくるものの、内心の動揺は隠せず、声が上擦っている。

「……いつ、お帰りになられたんですか？」

さぐりを入れてくる。

「ああ、ついさっきだよ」

「すみません。いつもシャワーを浴びていたので」

「ほう……いつもシャワーなんか浴びないのに。何か、シャワーを浴びたいようなことがあったのかい？」

ついつい意地が悪いと知りつつ聞いていた。

千香は一瞬、瞳を泳がせたが、すぐに、

「いえ……ちょっと汗をかいたので」

と、平静を装って答える。

「お義父さま、お腹《なか》が空《す》いたでしょう。すぐに、ご飯にしますね」

千香は品良く窄《すぼ》まった口角を吊りあげて笑顔を作り、踵《きびす》を返してキッチンに向かった。


一時間ほどして周平が帰ってきて、三人はダイニングテーブルを囲んで食事を摂《と》っていた。

千香のことが気になって、ついつい表情をうかがってしまう。

だが、何事もなかったように夕食を作った千香は、今も周平にご飯のおかわりをよそったりと、いつもと変わらない。柔和な笑顔を浮かべ、物腰も柔らかい。

痴漢されて昇りつめていく痴態が網膜に焼きついていた。シャワーを浴びながら自分で慰めていた喘ぎ声もまだ耳に残っている。

動揺を内に封じ込めて、白米を口に運び、味噌汁を啜《すす》っていると、

「父さん、今日、面接に行ったんだって?」

向かいの席の周平が箸を止めて、修吾を見た。

うかがうような視線に自分を心配する気配を感じ取って、修吾は周平を正面から見て言った。

「もちろん、面接には行ったよ」

「どうだった、感触は？」

「まだ断言はできないが、雇ってくれる確率は高いさ。紹介者が親会社の役員だからな」

「よかったじゃないか。父さんも働いたほうがいいよ。家にくすぶっていても仕方ないだろ」

「く、くすぶってたわけじゃないだろ」

「……そうですよ。周平さん、言い方間違ってるわ」

横から、千香が加勢してくれる。

「じゃあ、どう言ったらいいんだ？」

「……何十年も働いて、ちょっと休んで英気を養っていらしたんでしょ、ねえ、お義父さま」

「ああ、そのとおりだ」

以前からこういうときに千香は味方になってくれた。

連れ合いを亡くして、定年退職もしたロートルに気をつかってくれているのかもしれないが、それだけではない気もする。

この前は、「お義父さまのことを人間として尊敬しているし、舅《しゅうと》としても理想的です」と言ってくれた。

周平を心から愛しているようだから、修吾に寄せる気持ちはもちろん男女のものではない。それはわかっているのだが、毎日顔を合わせる最も身近な女に信頼されているのは励みにもなる。

周平が言った。

「だけど、そんな無理しなくていいから。うちはローンも払い終えているんだろ？　父さんがこの家を建ててくれたおかげで、こっちは家賃が浮いて、その分ゆとりがあるんだ。無理して稼ぐ必要はないと思うよ」

「ああ、わかってる。だけど、俺も惚《ぼ》けるかもしれないしな……介護施設に入れるくらいの金は作っておきたい。お前たちには迷惑かけたくないからな」

言うと、場が神妙な空気に変わり、それを振り払うように、

「お義父さま、おかわりなさいますか？」

千香が明るく言って、修吾の空になったご飯茶碗を見た。

「ああ、もらおうか……半分でいいよ」

「すげえな、父さん。おかわりかよ。元気なはずだよ」

「俺はまだまだ元気だよ。だから、働くんじゃないか」

茶碗を差し出すと、千香が受け取って、にっこりとした。

3

夜、修吾は寝つくことができずに、自室のベッドの上で輾転《てんてん》としていた。

目を閉じても、電車で見た千香の姿が浮かんできて、息苦しいような昂りを覚えてしまう。

なぜ千香は、あそこまで許したのだろう？　普通は痴漢されれば、いやでいやでたまらないはずだ。

修吾が知る限り、女性は惚《ほ》れた男性にはかなり際どいことも許すし、受け入れる。だが、好きでない男性には、肌に触れられることさえ嫌悪を感じるはずだ。

最初はいやがっているようだったから、相手が惚れた男でないことは確かだ。

ならば、なぜあそこまでさせていたのだろう？

千香は性的昂揚を感じていた。それは、あの表情や仕種でわかる。性格がやさしいから、強引に触られるうちに感じてしまったのだろうか？　ということは、千香は誰であろうと、ああいうことをされれば感じてしまうことになるのだが……いや、そうではないのかもしれない。あの特殊な状況だからこそ、ということも考えられる。

思いは千々《ちぢ》に乱れ、やがて、それはバスルームで聞いた千香の悩ましい喘ぎへと行き着く。

「やめて、いや」と口走りながらも昇りつめていったあの声が、いまだに鼓膜に貼《は》りついている。

会社を定年退職し、時々かつての会社仲間とゴルフをしたり、酒を呑んだりするものの、心のどこかにぽっかりと開いた穴がどんどん大きくなっている。体は元気なのに、心に隙間風が吹いていた。その隙間を埋めてくれているのは、千香だったような気がする。

その千香が……。

（いや、もう考えるのはよそう）

布団を首まで引きあげて、眠ろうとしたとき、尿意を覚えた。どうせトイレに行っても、大した量が出るわけではない。だが一度尿意を感じてしまうと、それが気になって寝つけない。

修吾はベッドを降り、ガウンをはおって部屋を出た。

廊下を歩き、トイレで小便をする。切れの悪くなった小水を腰を振って絞り出し、トイレを出る。

若夫婦の部屋の前を通りかかったとき、

「あん、あん、あん……」

と、女の喘ぎ声がドアから洩れてきた。

足が止まった。

同居して一年経つが、千香の閨の声を耳にしたことはなかった。おそらく、舅の存在を気にかけていたのだろう。

だが、今ははっきりと聞こえる。千香の我を忘れたような喘ぎ声が。

舅が若夫婦の閨の声を盗み聞きするなど、あってはならないことだ。それはしないという暗黙の了承があってこそ、同居が成り立つ。

普段ならたとえ声が聞こえたとしても、立ち去っていただろう。しかし、今日は千香が痴漢されるシーンを見て、オナニーの声を聞いている。

体が硬直したようで、動けない。その間にも、「あんっ、あんっ」という千香の声がドアから洩れてくる。

(ダメだ。こんなことをしてはいけない)

そう自戒する心の声が、自分は自責の念に駆られていながらもやむを得ずにするんだ、と次の行為への言い訳であることに、気づいてもいた。

修吾はこわばった体を解いて、木製のドアにそっと耳を寄せる。

千香の迸るような喘ぎがやんで、周平のぼそぼそした声が聞こえた。

「今日はやけに激しいな。何かあったのか?」

「……何もありません」

いや、あったじゃないか。千香さんは痴漢されて……。

「じゃあ、あれか。生理か何かの関係かな。生理の前はあそこが疼くっていうからな」

事情を知らず、見当違いの見解を述べる周平が、可哀相になった。

「まあ、いいや。千香が感じてくれたほうがこっちもその気になるよ。かわいがってやるからな……なんだ、これは?　ぐっちょん、ぐっちょんじゃないか」

しばらく沈黙がつづき、それから、

「ぁあうぅぅ……いいの……あん、あん、あんっ」

千香の声がスタッカートする。心から感じていることがわかる喘ぎ声が、修吾の理性を奪った。

若夫婦の部屋の前を離れ、自室に向かう。

十畳ほどの角部屋が、修吾の寝室だ。かつては妻もここで寝ていたが、最愛の妻も今はもういない。

カーペットの敷きつめられた部屋を横切り、サッシを開けてベランダに出る。

洗濯物が干せるように細長く設計されたベランダは、若夫婦の部屋にも通じている。

のしかかってくる罪悪感とばれたらという危惧を抱きながら、足音を忍ばせる。

幸い、月のない闇夜だから、見つかる確率は低いはずだ。

ゆっくりと慎重に一歩ずつ近づき、若夫婦の部屋の前で立ち止まる。

サッシの内側にカーテンが引かれていた。だが、その中央に数センチ隙間があり、そこから、部屋の煌々《こうこう》とした明かりが洩れている。

ここまでは心臓が破裂しそうだった。なのに、いざとなると度胸が据わったのか、不思議に落ち着いていた。

見つからないように屈《かが》んだまま覗《のぞ》くと——。

背中を向けた千香が周平の腹にまたがって、腰を振っていた。

どういうわけか天井灯が点《つ》けっぱなしで、千香の後ろ姿がはっきりと見えた。

目が釘付けになった。

思ったより肩幅があり、そのためにウエストのくびれが強調されて、肩から細いウエストにかけて収斂《しゅうれん》していく左右のラインが途轍《とてつ》もなく色っぽい。

そして、両手でつかめそうなウエストから急激に横に張り出したヒップは丸々として大きく、その量感あふれる尻がくいっ、くいっと前後に鋭角に揺れ動いている。

普段の千香からは想像できない、女の情欲をあらわにした腰づかいだった。

(千香さんも、こういうことをするんだな)

日常とのギャップを感じて、それが修吾を一気に燃え立たせる。

「ぁあぁ、ぁあぁ、いい……奥にあたってる」

千香の喘ぐような声がサッシを通して、耳に忍び込んでくる。

周平に何か言われて、千香はうなずき、両手を後ろについた。

サッシのほうに背中を倒し、腰から下を静かにローリングさせる。

「ああ、やっ……見えてるでしょ？」

「ああ、丸見えだよ。千香のあそこにおチンチンがずっぽり埋《うず》まってるよ。食われてるみたいだ」

周平の声がして、

「ぁあうぅ、恥ずかしいわ」

「恥ずかしいだと……そのわりには、腰をぐいん、ぐいんまわして……お前、絶対に今日何かあっただろう？」

「ううん、何もないわ」

「ほんとうか？」

「ええ……」

「まあ、いい。じゃあ、今度は後ろを向けよ」

命じられて、千香は繋がったままゆっくりとまわり、こちらを向いた。

（おおぅ……）

修吾は声をあげそうになった。

初めて目にする息子の嫁の裸身は、想像以上に素晴らしかった。

贅肉は感じられないスレンダーな肢体だが、柔らかな女の曲線に満ちていた。かるくウエーブした長い髪が枝垂《しだ》れかかるちょうどいい大きさの乳房は、形よく円錐形に張り出していて、千香の両腕で挟みつけられているせいか、左右の房が合わさって魅惑的なたるみと谷間を作っている。

煌々とした明かりのなかで、その薄茶色がかった赤い乳首がこちらをにらみつけていた。

何より、腰のくびれに目を奪われた。両手でつかめそうな細いウエストをしているのに、下半身は意外とどっしりして、男をまたぐ左右の太腿も量感があり、しかも長い。

千香が前傾姿勢で乳房を周平の足に擦りつけるようにして、腰を揺すりはじめた。

修吾の目にも、開いた周平の足の裏と、太腿の付け根に翳《かげ》りの底を擦りつけている千香の姿が飛び込んでくる。

「いやらしいな、千香。この明るさだと、尻の孔《あな》まではっきりと見えるぞ」

「ああ、いやっ……」

「かわいいよ。セピア色の菊の御紋がひくひくしてる。こうすると、あれがお前のなかに嵌《は》まり込んでいくのがすごくよくわかる」

「あうぅ……いや、いや……」

口ではそう言いながらも、千香が自分から腰をつかっているのがわかる。

腰づかいがどんどん激しくなり、周平も勢い良く下腹部を突きあげる。

「あん、あんっ、あんっ」

上体を立てた千香は黒髪を振り、身をよじらせて、もたらされる歓喜を味わおうとする。

そのとき、勢いがつき過ぎたのか、肉棹が抜けた。

「あっ」と千香の動きが止まった。

「ちょうどいい。舐めてくれないか?」

周平がベッドの上に立ちあがり、千香がにじり寄った。

正座の姿勢で顔を寄せ、自らの淫蜜が付着しているにもかかわらず、いきりたつものの先端にちゅっ、ちゅっと唇を押しつける。

丁寧にキスをして、先走りの粘液を品良く舐める姿が、かわいらしい。

千香は裏筋を舐めおろし、皺袋にまで舌を伸ばした。

次の瞬間、睾丸が口腔に吸い込まれていた。

信じられなかった。あの清楚でしとやかなはずの千香が、陰毛の生えた睾丸をふたつとも頬張っている。

得体の知れないものが、体の底から込みあげてきた。

体の芯《しん》が疼くのを感じながら、視線は釘付けになる。

横から見ると、身体は意外と薄い。だが、乳房は乳首がやや上方についていて、上側の直線的なラインを下側のふくらみが持ちあげた官能的な形をしている。

そして、千香は陰嚢《いんのう》を頬張りながら、周平をとろんとした目で見あげている。

(なんて色っぽい顔をするんだ！)

千香は袋を吐き出すと、さらに上体を低くし、股間に潜り込むようにして、皺袋から肛門にかけての縫目に舌を走らせる。

(うおお、千香さん……！)

こらえきれなくなって、修吾はパジャマのズボンの内側に右手をすべり込ませた。分身は熱せられた鉄芯のように火照《ほて》り、硬くなっている。

今日、千香が痴漢されて、感じていることに気づいたときもこうなった。

ここしばらく排尿器官に堕していた分身が、本来の役目を取り戻している。

たとえその相手が、息子の嫁という禁じられた対象であっても、不肖のムスコがいきりたつということ自体が、修吾には貴重で大切なことだった。

会陰部を舐めていた千香が顔をあげて、そのまま裏筋を舐めあげていく。

頭頂部にたどりつき、亀頭部を頬張った。

一気に奥まで咥《くわ》える。

周平の腰を引き寄せ、もう放さないとばかりにそれを根元まで頬張る千香に、修吾は感動すら覚えた。

ゆったりと顔を振りはじめた。窄めた唇を勃起の表面に密着させ、根元から切っ先までゆっくりとすべらせる。

先端まで来て、また静かに根元のほうへとストロークする。

周平はそのたびに天井を仰いでいるから、よほど気持ちがいいのだろう。

いつの間にか、修吾はそのリズムに合わせて分身を指でしごいていた。

包皮がカリの部分を摩擦して、蕩《とろ》けるような快感がひろがっていく。

ぼーっと霞《かす》んだ視界のなかで、千香の動きが徐々に速くなり、それにつれて周平の仰ぐ角度も深くなった。

周平が何か言って、千香が肉棹を吐き出した。

緩慢な動作でベッドに四つん這いになる。

ハッとした。千香がこちらに顔を向けて、ベッドに這ったからだ。

修吾の存在には気づいていないはずだ。偶然こちらを向いたのだろう。

千香は両肘をつき、下を向いて髪を垂らしたまま、周平に向け尻を突き出す。なだらかな曲線を描く背中が弓なりにしなり、きゅっとくびれたウエストから張り出しているハート形の尻には、女の官能が凝縮されている。

後ろに膝をついていた周平が、屹立《きつりつ》を押し込むのが見えた。

「うっ……!」

それまで下を向いていた千香の顔が撥《は》ねあがった。

周平が獣の形で腰を打ち据えると、見る間に千香の顔に縦皺が刻まれ、ととのった顔が快楽の色に染まっていく。

修吾もパジャマのなかで肉棹を握りしめて、しごいていた。

自分が何をしているのかは頭の片隅で理解していた。だが、理性を超えるものが世の中にはあるのだ。

周平も高まっているのだろう。唸《うな》りながら、強く腰を打ち据える。

そのたびに、下を向いている両の乳房がぶるん、ぶるんと揺れて、千香は顔を上げたり下げたりして、打ち込みの衝撃を受け止めている。

「いいか、いいんだろ？」

周平が聞いた。気持ちいいことはわかっている。男はこうやって自分の力を確認したいのだ。自分もそうだから、周平の気持ちがよくわかる。

「いいんだな？」

「はい……いいの。いい……周平さん、千香を放さないでね」

「おい、妙なことを言うな。放すわけがないだろ、お前みたいないい女。俺はお前と一緒になってよかったと思ってるよ」

「うれしい……もっとちょうだい。いけないい千香をメチャクチャにして」

千香の言葉が、修吾の脳裏にも深く刻みつけられた。

「そうか……いけないことをしたんだな？　よし、もっとだ。メチャクチャにしてやる」

周平は尻肉をぎゅっとつかんで、これでもかとばかりに腰を打ちつける。

パチン、パチンと破裂音がして、千香が顔をのけぞらせて高まっていく様子が手に取るようにわかる。

千香はシーツを皺が寄るほど握りしめ、もっと感じたい、昇りつめたい、とでもいうように、尻を突き出して身悶えをする。

「あっ、ぁあん、あんっ！」

あられもない喘ぎが、サッシを通して耳に飛び込んできた。

千香は顔を上げ下げしながら、時々こちらに目をやる。ベランダは暗く、見えないはずだが、それでも、まるで自分が肉棹をしごいているところを見られているような気がして、修吾をますます昂らせる。

千香の表情を目に焼きつけながら、夢中でいきりたちを擦った。

顔の両側に垂れかかる髪を振り乱し、眉を柳のように折り曲げ、嚙みしめた唇をほつれさせて、「あっ、あっ」と声をあげる千香。

周平の律動で裸身が揺れ、その強い揺れが千香をいっそう高みへと押しあげていくようだった。

ふいに、千香が声を絞り出した。

「イク……イッちゃう」

「そうら、イケよ。俺も出すぞ」

「メチャクチャにして……千香をメチャクチャに……」

「メチャクチャにしてやる……イケよ」

周平が遮二無二腰を打ち据えた。

「あん、あん、あんっ……ダメっ……くる。くるわ」

背中をしならせ、シーツを鷲づかんで、千香が泣いているような表情で、こちらを見た。

「そうら、落ちろ」

周平がぐいぐいと打ち込んだ次の瞬間、

「イク……やぁあああああぁぁぁぁ、はう！」

千香はぐんと上体をのけぞらせ、乳房をさらした。しばらくその姿勢でいて、がっくりとベッドに顔を伏せる。

周平も射精したのだろう。下腹部を押しつけて、のけぞっている。

気を遣った千香がぐったりしているさまを見ながら、修吾も精を放った。

今日二度目の射精だった。だが、身がよじれるような射精感に、どこか違う世界に連れていかれるようだ。

放出を終えても、その恍惚《こうこつ》とした余韻で、修吾は動くことも考えることもできず、ベランダにしばらくの間、座り込んでいた。

第二章　女の細い指

1

紹介してもらった会社に就職が決まり、修吾は早速通いはじめた。

建築資材を扱う職員三十名の小さな会社で、倉庫管理の仕事をすることになったのだ。この歳になってまったく新しい仕事となると大変だが、修吾は商社時代に建築部門にいたこともあって、何とかこなせそうだった。

労働時間は朝の九時から、午後五時まで。その間に一時間の昼休みが入る。

契約社員という扱いで、週半ばの水曜日と土日は休み。給料は商社時代とは比べ物にならない。だが、もともと老後の蓄えにするつもりだから、賃金の高い低いより、むしろ、長く働けるかどうかが問題だった。

初日はひさしぶりの肉体労働ということもあって、勤務時間を長く感じた。それでも、一緒に倉庫管理をする社員が若いわりには出来た男で、修吾を年長者として敬いながらも、丁寧に教えてくれるので、三日目あたりにはだいたいの要領がつかめた。

一週間後には、これなら何とかつづけられそうだ、という感触があった。

そして、翌週の月曜日、修吾はM駅からいつもの通勤電車に乗り込んだ。新宿行きの急行である。

千香も週に四日会社に行っていて、新宿に出るために同じ私鉄を利用している。ただ、少し時間がずれていて、一緒の電車に乗ることはない。

この時間はまだ通勤ラッシュがつづいていて、車内は立錐の余地もないほどに混んでいた。

千香が痴漢に遭うところを見て、痴漢に対しての考えが少し変わった。だからといって、自分が痴漢をするわけにはいかない。

興味はある。だがこの歳で、痴漢で捕まったりしたら、目も当てられない。いい笑いものだ。自分だけでなく、家族までも笑われてしまう。

だからこの一週間、満員電車のなかでも、なるべく女性と体を接しないよう心がけてきた。だがこの朝はいつも以上に混んでいて、ドア付近に外を向いて立つ女性の背後に張りつくことになってしまった。

髪の長いすらっとした女は、ブランド品らしいウエストを絞ったスーツを身につけていた。後ろにスリットが入ったタイトスカートが大きなヒップを包み込んでいる。

年齢は三十路《みそじ》を過ぎたあたりだろうか、とても一介のＯＬには見えない、颯爽《さっそう》とした雰囲気の美人で、こんな気位の高そうな女に痴漢に間違われでもしようものなら、大変な目に遭うだろう。

そう思って、なるべくくっつかないようにしているのだが、今日はやけに電車の揺れがあり、どうしても体の前面が女の背面に密着してしまう。

女がハイヒールを履き、長身でヒップの位置が高いところにあるせいか、修吾の股間は女の尻に触れてしまう。まずいと感じて、腰を引く。

だが、後ろから圧力を受けて、引いた腰がまた女の尻に押しつけられる。

股間のものが尻たぶに触れたとき、女がこちらを振り返った。

ハッとして、修吾は痴漢の意志がないことを示そうと、両手を降参するようにあげて、首を左右に振る。

女もわかってくれたのか、咎めることはしないで前に向き直った。

修吾はほっとすると同時に、ちらっと見えた女の顔に強い印象を受けて、胸がざわつきはじめた。

きりっとして、華やかさもある美人だった。だが、目元と全体の輪郭は千香に似ていた。

千香のほうがやさしげで大人しい感じだが、メイクを派手に色っぽく変えれば、この女のようになるのではないか。

そう思った途端に、痴漢をされて困惑しながらも感じていた千香の表情が脳裏によみがえり、ズボンの下で分身が頭をもたげてきた。

(ダメだ……まずいぞ)

だが、後ろからの圧力を受けて、修吾の股間は女のヒップに触れている。

電車が揺れるたびに二人の身体もくっつき、硬くなりはじめたものが、女の尻たぶや双臀の谷間を突き、そのぷりっとした感触を亀頭に感じて、ムスコはますますエレクトしてしまう。

勃起がわかったら、やはり、痴漢だと疑われてしまうだろう。

女はさきほどのわずかな接触でこちらを向き直ったくらいだから、背後の男があそこを硬くしていることはわかっているはずだ。だが、どういうわけか、女は腰を逃がすこともしないで、自動ドアの窓から外を眺めている。

修吾はついつい目を閉じて、尻の感触を味わっていた。押しつけられた分身に、たっぷりの肉をたたえた尻のぶわわんとした弾力が伝わってくる。

電車の揺れに任せてくっついたり、離れたりする。その微妙な刺激がひどく心地よい。

よく手入れのされたさらさらのストレートヘアから、爽《さわ》やかなリンスの匂いが立ち昇り、鼻孔に忍び込む。

ふと、この女のことを想像していた。

二十代ではこの落ち着いた雰囲気は出ないから、最初に感じたように三十過ぎあたりか。自分で会社でもやっているのだろうか？　しかしそれなら、こんな満員電車に乗って通勤などしないだろう。ということは、やはり、どこかに勤めているのだろう。となると、美容、化粧品関係か？　それとも、どこかの大企業の課長クラスとか……。

結婚はどうなんだろう？　していないような気がする。あるいは、一度結婚して別れたとか……。

だとしても、このきりっとした美貌でこの溜息が出るようなプロポーション。男が放っておかないだろうし、当然、男はいるだろう。

昨夜は男に抱かれたのだろうか？　だとしたら、どんなセックスをするのだろう？　激しそうな気がする。それも受け身ではなく、男にまたがって腰を振るタイプだ。いや、そう見えて、じつはマゾだったりして……。だったら、年上の重役か社長クラスの愛人であるという可能性もある。昨夜は、社長としっぽり濡れたとか……。

妄想だけがふくらんでいく。

そして、下腹部のものも煽られるように、どんどん硬くなっていき、ズボンを持ちあげた分身が女の尻を強く突いている。

修吾はこの女の名前も生い立ちも職業も知らない。

通勤電車が同じだとすれば、また逢《あ》う機会があるかもしれない。だが、こうして身体を接するのは、おそらくこの一回限りだろう。

一期一会だからこそ、こうして恥をかけるのかもしれない。

女は尻に、男の硬いものが当たっていることに気づいているはずだ。なのに、時々腰をよじるだけで、それを咎めたり、にらみつけたりすることはしない。

(なぜだ？　感じているのか？　まさか……)

そのとき、股間にぞくっとした戦慄《せんりつ》が走った。

見ると、女の右手が背後にまわって、修吾の股間に触れていた。

勃起が尻に触れるのを避けようとして、女が手で遮っているのかもしれないと思った。

だが次の瞬間、女のしなやかな指が硬直をゆるゆると撫ではじめた。

(えっ……？)

まさか、という気持ちが先立って、体験していることが現実だとは感じられない。

それでも、ピンクにマニキュアされた細く長い指に、ズボンの股間を丁寧になぞられるうちに、これが現実であるという実感が湧いてきた。

同時に、指が触れている箇所から、微弱電流に似たざわめきがひろがる。

膝ががくがくと震えはじめた。

そのとき、女がこちらをゆっくりと振り返った。

思わず息を呑むほどのきりっとした彫りの深い美人だ。その口許がふっとほころんだ。

そして、女は猛りたつものをぎゅっと握ってきた。

修吾は声をあげそうになって、あわてて押し殺す。

女は余裕さえ感じられる表情で、自分の行為がもたらす効果を推し量るような目で、修吾を観察している。

（この余裕は何なんだ？　俺をもてあそんでいるのか？）

電車のなかでこんなことをされたのは初めてだ。しなやかな指にしごかれている分身がうれしい悲鳴をあげている。

女はドアのほうに向き直った。そして、修吾の右手首を握ってくる。

（えっ、突き出されるのか……？）

心臓が縮みあがった次の瞬間、修吾の右手は女のスカートのなかへと導かれていた。

タイトスカートの後ろの深いスリットから侵入した右手を、女は太腿に触れさせる。

（どういうことだ？）

女がつかんだ修吾の手を、上へとずらしていく。

途中でストッキングのぬめるような感触が切れて、ひんやりとしているがしっとりと湿っている女の肌に触れた。

（えっ……どうなっているんだ？）

太腿を縦に走るサスペンダーのようなものを感じて、ようやく理解できた。女は太腿の途中までのストッキングを、ガーターベルトで吊っているのだ。

そして、導かれるままにさらに上へと手をずらすと、すべすべのパンティの感触があった。

女は修吾の手を尻の底に押しつけたまま、足を少しひろげた。

どう考えても、触りやすくするために足を開いてくれたとしか思えない。

（ということは、触っていいんだな。いや、触ってほしいんだな）

またあの耳鳴りがした。

修吾は自分の意志で指をおずおずと奥へと差し込んでいく。伸ばした指が基底部を尻のほうから前にすべっていき、

「あっ……！」

女は小さく喘いで、顎をせりあげた。

驚いた。指が触れたパンティの基底部はそれとわかるほどに湿っていた。いや、

湿っているというより濡れていた。

(ああ、この女は感じていたんだ。尻に硬いものを感じて、ここを疼かせていたんだ)

颯爽としたキャリアレディが、満員電車のなかでパンティ越しにでもそれとわかるほどに女の証《あかし》を濡らしている——。

耳の近くで血液の流れる音がどんどん大きくなっている。

(いいんだ、痴漢してほしがっているんだから、いいんだ……)

女の様子をうかがいながら、右手の指を慎重に動かした。

女が「くっ」と声を押し殺して、かるく顔を仰向かせた。それから、もっと触ってほしいとばかりに、尻をじりっ、じりっと横揺れさせる。

布地を通してにじんできた蜜で、ぬるっと指がすべる。

頭の芯が焼けつくようだ。だが同時に、長年の性の経験がそうさせるのか、もっと感じさせようと指が動いていた。

中指を立てて、柔肉の狭間にちょっと食い込ませる。柔らかくぽってりした肉びらの真ん中に指先が、ぐにゃりと沈み込み、

「くっ……」

女は低く呻《うめ》いて、尻たぶを引き締める。

食い込ませた指で、ぐにゅっとした部分を引っ掻《か》くようになぞると、女はビクッ、ビクッとつづけざまに痙攣《けいれん》して、あふれそうになる声を必死に押し殺す。

指を短いストロークで連続して柔肉にめり込ませる。ぬらつく恥肉を強めに引っ掻くようにすると、

「うあっ……」

女は顔を撥ねあげて、ドアのガラス窓に片手をついた。

明らかに不自然な動きだった。ばれたかもしれない。

おずおずと、周囲を観察した。

ドアに張りつく形の二人の右側には、中年のメガネをかけた暑苦しそうに太った会社員風の男が、眠そうに目を閉じている。その前では、若いＯＬ風の小柄な女がケータイをさかんに操作している。

左側には大学生らしい男女のカップルが、この混雑を愉《たの》しむかのように身体をくっつけあっている。

二人を気にしている者はいなさそうだった。

修吾は少し背を丸め、左右の太腿の間を刷毛《はけ》をつかうようにして幾度もなぞり

あげる。そのたびに女は敏感に反応して、ビクッ、ビクッと震える。

（こんなに感じている。やはり、人込みのなかでも感じる女がいるんだな）

千香を頭の片隅に思い浮かべながら、スリットから差し込んだ手で、太腿の内側を撫であげていく。

ストッキングの感触が途切れて、太腿の肌にじかに触れる。噴き出した汗が内腿を湿らせていた。

尻の丸みがはじまる稜線《りょうせん》に沿って、尻たぶを持ちあげるようにして撫でていく。シルクタッチの布地に包まれた弾力のある肉層をぐにぐにと揉みしだくと、女はもっと強くとばかりに尻を突き出してくる。

（いいんだな。じかに触るぞ）

パンティの感触を確かめながら、右手の指を基底部の脇からすべり込ませる。

二重になった布地にたるみができ、次の瞬間、ぬるっとしたものを指腹に感じた。

まるで、油を塗りたくったような肉襞が、サイドから忍び込んできた侵入者に生き物のようにまとわりついてくる。

修吾がパンティを指の背で撥ねあげながら、潤みをなぞりあげると、

「くっ……くっ……」

声を押し殺して、女は腰を前に逃がす。だが、濡れ溝をさすりつづけると、今度はもっと触ってとばかりに、尻を後ろにせりだしてくる。

信じられなかった。

修吾の想像では、おそらくキャリアレディだろう、肩で風を切るのが似合う女が、自分から腰を振って、修吾の指をせがんでくる。

頭のなかにすでに精液が飛び散っているような昂奮のなか、潤みきった粘膜を撫でているうちに、電車がスピードを落として、駅で停まった。

反対側のドアが開き、客が降りて、倍以上の客が乗り込んでくる。

その間、二人は息を潜めて動きを止めている。

(この女はどちらのドアが開くかを知っていて、こういう大胆なことをやっているのだろうか？　だとすれば……いや、考えまい)

さらに混雑を増した急行が駅を離れて、次第に速度をあげていく。それと比例するように、修吾の指づかいも激しさを増していく。

左右の肉びらはとろとろに蕩けて、その区別さえつかなくなるほどに全体がぬめっていた。女はこんなに恥肉を濡らすことがあるのだ。六十年を過ぎて初めて知ったことだった。

ぬめりの上方にこりっとした突起を感じる。

後ろから差し入れた指で、肉の芽をくりくりと転がすと、

「くくっ……」

女は完全にうつむいて、尻をきゅっ、きゅっと窄め、クリトリスからもたらされる快感を貪《むさぼ》ろうとする。

今度はかるく叩《たた》く。

ノックするように突起に触れると、女はうつむいたまま手の甲を口に持っていって、洩れそうになる声を必死に押し殺した。

それから、また、修吾は恥肉全体を撫でさする。指腹でかるく叩くようにすると、チャッ、チャッ、チャッとくぐもった水音が聞こえる。

次の瞬間、女がぐいっと腰を後ろに突き出して、何かをせがむように尻をくねらせた。

(指を入れてほしいんだな。入れるぞ)

修吾は中指と薬指を揃《そろ》え、指の背でパンティを押しあげた。

立てた指に力を込めると、熱く滾《たぎ》る粘膜に、ぬるっと吸い込まれ、

「くぅ……！」

女は息を呑んで、顔をせりあげた。

今の仕種で、きっと周囲にはばれただろう。確かめたいのだが、怖くて周囲を見られない。

六十歳を過ぎて、痴漢をしている自分を思い、内臓が猛烈に軋《きし》んだ。

だが、指を包み込んでくる、とろとろに蕩けた女の坩堝《るつぼ》が、修吾の理性を奪っていく。

深く差し込むと、指先にこりっとしたものが触れた。

指は上を向いている。尻側の膣壁を引っ掻くようにして抜き差しをする。

まったりと粘る粘膜の畝《うね》がからみつき、指先が子宮口に触れる。二本の指腹に蜜が滴って、ぐっしょりと濡れている。

「く、くくっ……」

女は指に翻弄《ほんろう》されるように、腰を静かに前後に揺すった。

両手をドアの窓について、洩れそうになる声を必死に押し殺している。

修吾は横から女の顔を覗き込む。眉をハの字に折り曲げた苦痛とも快感ともつかない表情が、そして、くねる全身からにじみでる発情した女の雰囲気が、修吾に我を忘れさせる。

大量にあふれだしたとろっとした愛液が、修吾の指から手のひらにかけて温かく濡らしていた。

ほとんどの女の場合、膣の腹側のほうが感じることは、これまでの経験でわかっている。

修吾は差し込んだ指をぐるっと左にまわして、指腹の方向を変えた。

指で粘液を掻き出すようにして、Ｇスポットを摩擦する。

ざらつく肉天井をつづけざまに叩くと、女の気配が変わった。

「くっ、くっ、くっ……」

と、声を押し殺しながらも、腰を指に向かって突き出す。

今度は反対に前に逃がす。腰を揺すりながら、指のもたらす快感を貪っている。

修吾の脳は沸騰し、もう周囲はほとんど気にならなくなっていた。

すでに股間のものは痛いほどに張りつめている。だが、車中で挿入するわけにもいかない。もどかしく、さしせまった欲情が、指の動きに拍車をかけた。

Ｇスポットを押すようにして引っ掻き、その指を奥へとすべらせる。

子宮口付近の肉壁を連続して、叩き、押す。

それをつづけるうちに、女の膣肉は蕩けてふやけたようになり、それでも、差し込まれた二本の指をきゅっ、きゅっと締めつけてくる。

女の震えが大きくなった。

下を向いていた顔が徐々にあがり、ルージュの載った赤い唇がほどける。

またうつむいて、唇を嚙みしめる。

ぐぐっと尻を後ろにせりだして、もっと深くに誘ってくる。もどかしそうに腰を前後左右にくねらせる。

「はっ、はっ、はっ……」

喘ぐような吐息が連続してこぼれ、ドアの窓を曇らせる。

スカート内にこもった熱気が増し、尻も汗ばんでいる。

スーツに包まれたすらっとした肢体が熱病にかかったようにぶるぶると震えている。指を包み込む肉襞も、指を内側へと吸い込むようにうごめく。

気を遣るのかもしれない。修吾が指の動きを速めたとき、電車がブレーキ音とともにスピードをゆるめた。

終点新宿駅のひとつ前のT駅に到着するのだ。

この私鉄は乗る電車によって、駅で開く扉が違う。この急行はT駅ではこちら側のドアが開くはずだ。ということは、このドアから乗客の乗り降りがあるということだ。

さほど多くの乗り降りがあるとは思えない。しかし、このままではいくらなんでも痴漢がばれてしまう。

静かに指を抜こうとすると、女の膣肉がそれをさまたげるように、きゅっ、きゅっと指にからみついてきた。

後ろ髪を引かれる思いで指を外すと、女が「あっ……」と喘いだ。

長時間女の体内に潜り込んでいた右手の中指と薬指には白濁した蜜が付着して、ふやけたようになっている。

濡れた指を隠して立っているうちに、急行がT駅で停車して、こちら側のドアが開いた。

入口付近にいた二人は降車客に押されて、いったんプラットホームに降り立つ。ふたたび乗り込もうとした修吾の腕を、女が握った。

（えっ……？）

女がすっと身を寄せてきた。修吾の腕に手をからめるようにして、耳元で囁《ささや》いた。

「つきあって」

「……?」

「このままつきあって」

呆然としている修吾の腕をつかみ、女は修吾を引っ張るようにしてホームを改札に向かう。

2

修吾は女につづいて、改札口を出た。

(「つきあう」って、どういうことだ……? まさか、まさかな……)

とまどう修吾の手を引いて、女はハイヒールの音をカツカツ立てて前を歩く。スーツの上着にはセンターベントが入り、ぴったりしたタイトスカートが尻の形や揺れをあらわにする。

新宿駅から駅ひとつ離れているだけなのに、T駅周辺は閑散としていて、人通りも少ない。

お日様が出ているときは眠っていて、夕方になると起き出す。そんな街だ。

二人は駅前の交差点で、信号待ちをする。

横から見る女は惚れ惚れするほどに美しい。美人は横顔がととのっているというが、彼女がまさにそうだった。

長い睫毛《まつげ》は上を向き、いやみにならない程度に高い鼻はシャープな稜線を描き、唇の端はきゅっと窄まっている。見とれていると、

「わたしの顔に何かついてて？」

女がこちらを向いた。

「いや……」

「ほら、信号変わったわよ」

歩き出した女の後を、修吾もついていく。

言葉づかいからして舐められていると感じた。だが、今の修吾は定年後に契約社員として倉庫に勤めている一介の熟年にすぎない。この女にしてみれば、上から目線で見て当然の存在なのだろう。

横断歩道を渡り切った地帯は、小さな店が無数に建ち並ぶ飲み屋街だった。深夜まで営業していただろう店は暖簾《のれん》をしまって、眠っている。

不安に駆られて、修吾は女に声をかけた。

「どこに行くんだ？」

「……いいから、ついてきて」

「いや、だけど……」

「会社に勤めているんでしょ？　定年後に嘱託か何かで雇われているのね。遅れるのが気になる？」

女の言うとおりで、こんなときでさえ頭の片隅に、会社に遅刻したら困る――という気持ちがあった。

「大丈夫よ。時間は取らせないから」

あっさり言って、女は修吾の手をつかんで、何本か目の小路を入っていく。

間口の小さな飲み屋や小料理屋が軒を連ねていた。朝の陽光を浴び、しらっちゃけて粗《あら》だけが目立つ飲み屋街を、女は周囲をうかがいながら歩いていく。

「ここにしましょう」

女は、店と店の間の路地に修吾を引き入れた。

店の壁がせまる路地には、今は止まっている換気扇の吹き出し口や、塵箱があり、そこをさらに奥に入っていった行き止まりで、女は立ち止まった。

呆然としている修吾を壁に押しつけて、いきなり抱きついてきた。

もしかして、という期待もあった。だが、まさかこんな場所で……。

まだ理性は残っていた。

「おい、ここでは、まずいよ」

「じゃあ、どこならいいの？　朝からラブホにでもしけこむ？　そんな時間はお互い、ないんじゃない？」

確かに女の言うとおりだ。さっきから、女は的確なことを言う。頭の回転が速いのだろう。

「あなたはさっきわたしを触って、ここを勃起させていた。わたしもあなたに触られて気持ち良かった。そのつづきをするのは不自然じゃないでしょ」

女は強い眼光を放つアーモンド形の目を向けながら、さらに語気を強めて言うと、ズボン越しに分身を撫でさすってくる。

女の指が触れているものが徐々に力を漲らせ、それにつれて、とまどいが男の欲望に取って代わられる。

次の瞬間、女の唇がせまってきた。あっと思ったときはキスされていた。

信じられなかった。電車でさっき逢ったばかりの女だ。しかも、誰もが振り返るこんな美人に、キスされている。

柔らかな唇を繊細に押しつけながら、女は股間を大胆に撫でさすってくる。

分身が硬化するのを感じながら、修吾は気になって小路のほうを横目で見る。

人影はない。たとえ人が通りすがったとしても、こんな路地の奥は気にしないだろう。安心した途端に、ムスコが力強さを増した。

女の手が動き、ベルトを器用にゆるめる。余裕のできたズボンのなかに指がすべり込んできた。

ちょっと冷たく感じるものの、しなやかな指で茎胴を握りしごかれると、充《じゅう》溢《いっ》感が増して、全身へとひろがっていく。

アーモンド形の目に、妖しい色欲が浮かんだ。修吾の手を取って、スカートのなかに導いた。

パンティの基底部は車中よりいっそう濡れていて、さするだけでぬるっ、ぬるっとすべる。

「ぁあぁぁ、いい……。声が出そうだった。それを、ずっと我慢していたのよ。ぁあんんっ、それ……」

女は桎梏《しっこく》から解き放たれたように声をあげながらも、その快感をぶつけるようにズボンのなかの屹立をしごいてくる。

持ちあがった顎の先は尖《とが》って、ほっそりした首すじには筋が浮き出ている。

「我慢できない」

女は喘ぐように言って、前にしゃがんだ。

修吾のズボンに手をかけて、ブリーフとともに膝までずりおろした。

頭を振って飛び出してきた肉色の柱が、朝の陽光を受けて亀頭部をテカらせているのが、ひどく場違いであり、恥ずかしくもある。

「すごいわね。このテカり、この色、このカリの張り……オジサマ、触り方も上手かったし、見た目と違うわね」

こういうことには慣れている感じで、女が修吾を見あげて言う。

おそらくお世辞だろうが、それでも、褒められて悪い気はしない。

女が頬張ってきた。亀頭部に唇をかぶせ、一気に奥まですべらせる。

「おおぅ……」

もたらされる悦びに、修吾は天を仰いだ。

電車のなかではおさめる場所がなかった屹立が、女の口に包まれて悦びの咆哮《ほうこう》をあげている。

女は大胆に顔を振って、唇を根元から切っ先にかけてすべらせる。

蕩けながら充溢してくる悦びのなかで見あげると、真っ青な空がひろがっていて、そんな青空のもとで名前も知らない女にフェラチオされていることが、どこか夢のようだ。

青空のもとでのフェラチオがこんなに気持ちいいものだとは知らなかった。妙な解放感がある。

ジュブッ、ジュブッ、ジュルル……いやらしい唾音を立てて激しく吸茎していた女が、それを吐き出して、立ちあがった。

周囲を見て人影がないことを確認すると、タイトスカートのなかに手を入れてパンティをおろし、ハイヒールの足先から抜き取った。

車内で触っているときはわからなかったが、黒地に赤の薔薇が散った高級感のあるセクシーなパンティだった。

女は、丸めた下着を上着のポケットに入れて両手を壁につき、腰を後ろに突き出した。

「入れて……」

「いいのか?」

「いいから言ってるの。早く、人が来たらできなくなる」

修吾は人の気配がないことを再度確かめると、後ろに深いスリットがあるタイトスカートをたくしあげた。

太腿の途中までのストッキングが途切れて、黒のガーターベルトが縦に走る眩《まばゆ》いばかりのヒップが突き出されている。

黒のハイヒールから二等辺三角形の形で伸びた長い足が驕慢《きょうまん》なほどに美しい。

そして、なかばあらわになった形のいい尻は陽光を跳ね返して、見事な光沢を放っている。

修吾は猛りたつものを尻たぶの底に押しあてて、慎重に押し込んでいく。

窮屈なとば口を先端が突破すると、あとは円滑に嵌まり込み、

「はう……！」

女は壁についた手に力を込め、スーツの背中をのけぞらせた。

「ぁああ、これが欲しかったの。おかしくなりそうだった……あうう、たまらない」

女は感に堪えない様子で、自分から腰を前後に打ち振る。

修吾も奮い立たされていた。

女に誘われて車中で女の秘部を触ったときから、世間の常識などは捨てていた。

抜き差しならない性欲は、道徳心を容易に超えてしまうものなのだ——。

そう居直ってしまえるのは、千香が痴漢されて昂るのを目撃してから、修吾のなかで性の常識が揺らいでいたからだろう。

まったりとしながらも、きゅっ、きゅっと収縮する膣肉を、押し退《の》けるようにして修吾は硬直をめり込ませていく。

両手で腰を引き寄せながら激しく打ち据えると、膝に引っ掛かっていたズボンが足首まで落ちた。

自分の滑稽《こっけい》な姿を思いながらも、なおも腰を叩きつける。

こんな力がまだ自分にも残っているのが、不思議でならない。

パチン、パチンと肉と肉がぶつかる音が撥ね、女も柔軟体操の背伸ばしをする格好で、

「くっ、くっ……」

と、声を押し殺す。

長いストレートヘアが朝の陽光に濡れたように光っている。突き出されたヒップが打ち込みの衝撃そのままに揺れて、その弾力が修吾には心地よい。

「あっ、あん、あんっ」

女の抑えきれない喘ぎが迸った。

「えぐられてるわ。奥まで突き刺さってくる……あっ、ああ、あん、あんっ」

女は自分の言葉によっていっそう昂っているかのようにあらわなことを口走る。

ひときわ高い女の声が路地に響き、ハイヒールによって持ちあげられたすらっとした脚線がガクッガクッと揺れて、崩れかける。

修吾は知らずしらずのうちに、尻たぶを手でぎゅっとつかんでいた。

尻肉を強く鷲づかみ、ゆるめて、撫でさする。

すると、それがいいのか、女の様子が変わった。

「もっと、強く。強くつかんで」

せがまれるままに、尻たぶの肉を引きちぎらんばかりに鷲づかむと、

「くうぅぅ……ぁああ、くくっ……イキそう」

女がうつむいたまま声を絞り出した。

気がついたときは、尻たぶを平手打ちしていた。ピシャッと乾いた音が立ち、

「くうぅ……！」

女が鋭く顔を撥ねあげる。

二回ほどつづけて打擲《ちょうちゃく》し、朱に染まってきた尻を見ながら、腰を強く打ち据

える。

とろとろに蕩けた膣肉が、抜き差しするものを断続的に締めつけてきて、修吾も追い込まれる。

「おお、おおぅぅ」

みっともなく吼《ほ》え、渾身《こんしん》の力を込めて叩き込む。

修吾は相手の女をまったくといっていいほど知らない。だが、車内で自分から誘ってきた。痴漢されて感じ、青空のもとで気を遣りそうな女であることはわかる。

それだけで充分であり、この女のプライバシーなど必要なかった。

(淫らな女だ。きれいな顔をしているのに……)

心のなかで叫び、ぐいぐいと打ち込むと、猛りたつものが尻たぶの底を深々とうがち、

「あっ、あっ……ダメっ……イク、イカせて、お願い」

女が壁についた指に力を込め、スーツの背中をくっとしならせた。

修吾も追いつめられていた。腰を引き寄せながら、最後の力を振り絞って打ち据える。

蜜にまみれた肉棹が女の祠《ほこら》を擦りあげると、甘い疼きが急激にひろがり、

「イク、イッちゃう……ぁあぁぁぁぁぁぁ、うっ！」

女が最後は生臭く呻いて、がくん、がくんと躍りあがる。

膣肉が絶頂の痙攣をするのを感じて、修吾も駄目押しの一撃を叩き込む。

奥まで打ち込んだとき、甘く強烈な射精感が一気に全身にひろがった。

耳がツーンとして、一瞬の空白に包み込まれる。

自分が、果てしなくつづく青空に吸い込まれていくようだ。

すべてを打ち尽くしたところで、修吾は我に返る。

体を放すと、女は力尽きたようにその場にしゃがみ込んだ。

路地に屈み込んでいる女の丸まった背中を見ると、こんなになるまで女をイカせたのだという誇りのようなものが込みあげてきて、修吾は自分が男であることの幸せを感じた。

蜜にまみれた肉茎をしまい込んでいるうちに、女が立ちあがった。

背中を向けたままパンティを穿《は》き、修吾と視線を合わせようともせずに、路地を小路に向かって歩いていく。

遠ざかっていく女の背中に向けて、思わず声をかけていた。

「名前を、名前を教えてくれないか？」

女は背中を見せたまま、言った。

「なぜ?……私たちは行きずりで痴漢の果てのセックスをした。それがいいの。だから、名前なんか教える必要はない。さようなら……ステキだったわ」

女はこれまでのことが嘘のようなしっかりした足取りで、遠ざかっていく。

まるで白昼夢を見ているようで、修吾は路地の奥でひとり佇《たたず》んでいた。

第三章　一線を越えて……

1

夕方、建築資材会社での仕事を終えた修吾は、新宿駅のホームに停車している私鉄の急行に乗り込んだ。

最初は空いていたのに、出発までの間にどんどん客が乗ってきて、車内は混んできた。

だが、最近はこのラッシュアワーが以前ほどいやではなくなった。

あの正体不明の美しいキャリアレディに出会い、夢のような僥倖《ぎょうこう》を体験してから、車内でもついつい女性の近くに寄ってしまう。すべての女性があの女と同類でないことは、充分にわかっている。

だから、せいぜい偶然を装って手の甲で女の尻に触れたり、腕で胸のふくらみを感じたりする程度だが、それでも、通勤時間のつらさが少し減ったことは確かだ。

(この電車も相変わらず混んできたな)

駅で買った夕刊紙を折って読んでいると、視野の片隅に千香が同じ車輛に乗り込んでくるのが見えた。

千香は出勤の日で、この車輛が最寄りの駅の改札に最も近いから、同じ車輛になっても不思議はない。最初に千香が痴漢されているのを目撃したときもそうだった。

ジャケットをはおり、シフォンの黒いスカートを穿いた千香は、ドア付近に立って外を見ている。

声をかけようかとも思った。だが、二人の距離は離れている。迷っているうちにドアが閉まって、急行が動き出した。

急行が地上に出たとき、ひとりの男が乗客をかき分けるように、千香に近づいていくのが見えた。ドアのほうを向いた千香の背後にぴたりと張りつく。

背は低いががっちりした体格で、バリッとしたスーツを着た二重顎の中年——この前、千香を痴漢していたあの男だった。

(あいつ、また千香さんを……?)

不安に駆られながらも様子をうかがう。

男は千香の背後を独占して、尻のあたりを撫でているようだ。千香は腰をずらしたり、後ろを振り返ったりして、いやがる素振りを見せていた。

止めるべきだ。息子の嫁がこの前と同じ男に痴漢されているのだから。

だが、すぐには足が動かなかった。

その原因は、自分でもわかっている。

千香が痴漢されて、昂っていくところを見たいという気持ちがあるのだ。

おぞましい欲望だ。否定しなければいけないものだ。

しかし、体は金縛りにあったように動かない。

男の手は動きつづけていた。そして、千香の抵抗は少しずつやみ、ついにはされるがままになり、うつむいてしまった。

千香の顔が自動ドアの窓にぼんやりと映り込んでいた。

眉根を寄せて、いやがっているようにも見える。

しかし、眉をハの字に折り曲げて、口を開くその表情は、女が感じているときに見せるものだった。

やがて、その顔が明らかな陶酔の色を浮かべはじめた。

ドアに額をつけてうつむき、ジャケットからのぞく胸を大きく喘がせている。

ふと、修吾の脳裏にひとつの疑惑が芽生えた。

(同じ男に痴漢されて、男の愛撫を受け入れている。千香さんだって、同じ男であることはわかっているはずだろう。もしかして……)

二人はこうやって同じ時間帯の同じ車輛に乗り、暗黙の了承のもとで、痴漢を愉しんでいるのではないか？

二人の淫靡な関係性を感じ取って、修吾の胸はざわめき、また、このままではいけないという危機感が芽生えた。

あの男から息子の嫁を取り戻したい——。

大袈裟《おおげさ》に言えばそんな気持ちだった。

男はもうこの女は自分のものといった自信あり気な様子で、千香を背後から抱きしめるようにして、尻のあたりを触っている。

このまま放っておくわけにはいかなかった。

修吾は、鮨詰《すしづめ》状態の乗客を押し退けて、二人に近づいていく。

男の後ろまで行くと、男の右手がスカートのなかに入り込んで、活発に動いているのが見えた。

「千香さん」

千香に声をかけると、男がビクッと肩を震わせて、こちらを振り返った。

赤ら顔で頬肉のたるんだ、女にもてなさそうな男だった。こんな男に千香が身をゆだねていることが信じられない。

いったん、男をにらみつけておいて、

「どうしたんだ？　大丈夫か？」

ふたたび千香に話しかける。

千香は車内で自分の名前を呼ばれたことが恥ずかしかったのか、周囲をばつが悪そうに見まわし、最後に修吾のほうを向いて、こくんとうなずいた。

「この線は痴漢が多いから、気をつけなさいよ」

聞こえよがしに言って、男をにらむと、男は一瞬鋭い視線を寄こした。

それから、チッと舌打ちして、乗客をかき分けるようにして遠ざかっていく。

千香が身体ごとこちらを向いたので、修吾は向かい合う形で片手をドアにつき、乗客の圧力から千香を護る。

家のなかでも、二人の身体がこんなに接近したことはない。修吾の体を微弱電流が走る。そんな動揺を悟られまいと、話しかけた。

「偶然だね、電車が一緒になるとは」

「……ええ。さっきはありがとうございました」

千香は小声で言って、すぐに目を伏せてうつむく。

痴漢されて昂っているところを義父に目撃された――そんな気持ちがあって、修吾をまともに見られないのだろう。

会話が途絶えた。

柔らかく波打つ髪になかば隠れた顔が心なしか上気しているように見える。

切れ長の目が羞恥《しゅうち》の色をたたえて、伏目がちになる。

瞬きの音がしそうなほど長い睫毛が、ひっそりと閉じ合わさっている。

修吾の心臓はドクッ、ドクッと強く鼓動を刻み、そのことにうろたえている自分がいる。

何か話したほうがいいのかとも思う。しかし、衆人環視のもとでは聞かれるようで、迂闊《うかつ》な話もできない。

二人は黙っている。その沈黙が修吾を追いつめていく。

二人を乗せた急行が速度を落として、駅で停まった。

反対方向のドアが開いて、少しの乗客が降りた。何かの集まりでもあったのか十人ほどの客が乗ってきて、車内はいっそう混雑し、修吾も人波に押された。

両手をドアについて、防波堤の役目を果たそうとした。だが、後ろからの圧力に負けて、千香に体を押しつける形になった。

千香の息づかいを感じる。喘ぐような上下動とともに乳房の弾力が伝わってくる。太腿にも、千香の太腿をズボン越しに感じる。

そして、あってはならないことがおきつつあった。ズボンのなかで分身が頭をもたげてきたのだ。

(ダメだ。このままでは……)

おさまれ、おさまれと念じるものの、分身は意志とは裏腹に硬く、大きくなってしまう。しかも、勃起は千香の腹部に押しつけられている。

千香も、硬いものを感じたのか、もぞもぞしはじめた。

顔を朱に染めてうつむき、身体を逃がそうとするものの、この混みようでは身体はわずかに動くだけだ。そして、その微妙な動きを感じて、分身はますますいきりたつ。

カーブで電車が揺れて倒れそうになり、修吾はとっさに足の位置を変えて踏ん張った。

揺れがおさまったときには、修吾の右足は千香の両足のほぼ中央にあった。右膝がスカートごと千香の膝を割り、太腿の間に入り込んでいる。

(あっ、まずい……)

千香はびっくりしたように、ぎゅうと太腿をよじりあわせる。股間に差し込まれた足を弾きだそうとしたのだろうが、修吾はいっそう太腿の弾力と圧力を感じてしまう。

(足を動かして、スカートの奥を擦りあげたら、千香さんはどんな反応をするのだろう?)

一方では、そんな邪悪な思いが脳裏をよぎる。

だが、義父がそんなことをしていいはずがない。欲望を必死に抑えていると、千香の下半身が微妙に揺れはじめた。

修吾の腕につかまるようにして深々とうなずき、膝の差し込まれた太腿の付け根を少しずつ、ほんとうに少しずつ、じりっ、じりっと揺すっているのだ。

黒髪が枝垂れ落ちるほっそりした首すじが朱を刷《は》いたように染まり、しなやかな身体が震え、息づかいも乱れている。

(千香さん……!)

目をつむると、太腿のしなりとその奥の窪みをはっきりと感じ取ることができる。

ついには、千香は喘ぐような吐息をこぼしながら、スカートの奥の窪みを太腿に擦りつけてくる。

(感じているんだな……いや、感じたいんだな)

修吾は右足に意識を集め、少し膝を持ちあげるようにして、太腿の上側でスカートト越しに股間を擦りあげた。

太腿の付け根の弾力を感じる。ぐにゃりと柔肉が圧迫される感触さえわかる。

そして、膝を持ちあげるたびに、千香の身体も浮いたようになる。

修吾が意識的にやっていることは完全にわかるはずだ。だが、千香はいやがらないで受け入れている。そればかりか、自分から股間を修吾の太腿におずおずと擦りつけて、

「あっ……あっ……」

と、修吾にしか聞こえないくらいの声を、耳元で洩らす。

もう何が何だかわからなくなっていた。全身の血が滾っているようだ。

修吾は右足を引いて、代わりに右手をおろしていく。

スカートの上から、太腿の奥へと静かに潜り込ませた。

シフォンの薄い生地のせいか、太腿の窪みの柔らかさや沈み込みさえはっきりと感じ取れる。

「くっ……」

洩れかかる声を嚙み殺して、千香は修吾の腕を握りしめる。

そして、左右の太腿を閉じて、股間に入り込んだ指の動きを封じようとする。

左右の内腿の強い圧迫を感じながらも、修吾は差し込んだ手をゆるゆると動かした。

人差し指と中指が、それとわかるほどに柔らかな肉層を擦る。何度も繰り返していくうちに、ふっと太腿の圧力がゆるんだ。

「あっ……あっ……」

千香は修吾の肩に顔を埋めるようにして、小さく喘ぐ。

おろした右腕に乳房の弾力を感じる。そして、指先にはぐにゃりとした恥肉のたわみが伝わってくる。

千香は修吾の右腕にすがりつくようにして、洩れかかる声を必死に押し殺している。

修吾は、ドクッ、ドクッと心臓が血液を送り出す音を聞きながら、夢中で息子の嫁の股間を撫でさすった。

千香の腰が微妙に揺れはじめた。

「うっ……くっ……」

と、修吾の肩を噛むようにして声を封じながら、腰を横揺れさせ、前後にくねらせて、指づかいを味わおうとする。

抑えようとしても女の欲望があふれでてしまう――そんな動きが、修吾をいっそう昂らせる。

修吾は右手を深く差し入れて、尻の間から前にかけてさすったり、中指を立てて柔肉の中心をトン、トン、トンと叩く。

それとともに、千香は修吾にしがみついて、必死に声を噛み殺している。

不思議な体験だった。

すぐそばには多くの乗客がいるのに、そこは二人だけの世界だった。

淫靡で蕩けそうな、二人だけの空間……。

こらえきれなくなって、修吾は千香の右手をつかみ、ズボンの股間に導いた。しなやかな指がズボンを持ちあげているものに触れて、弾かれたように引いていく。もう一度引き寄せると、そのままになった。

左手を重ねて、擦るようにせかした。

ややあって、千香がふくらみをさすりはじめた。

おずおずと、しかし、しっかりした自分の意志でズボン越しに勃起を撫でさすってくる。

肉柱は斜め上方に向かっていきりたっていた。その形に沿って、ゆるゆると指を這わせる。

指の触れている箇所から、痺れるような快感が迸り、先走りの粘液がにじむのがわかる。

修吾は湧きあがる愉悦をこらえながら、右手で千香の股間をさすりつづけた。

そのとき、また電車が速度を落として、駅で停まり、反対側のドアが開いて、客が降り、客が乗り込んだ。

依然として、車内は鮨詰状態がつづいている。

そして、千香も股間のいきりたちをさすりつづけている。

千香がどういう状態でこういうことをしているのか、はっきりとはわからない。おそらく、あの男に痴漢されて昂り、くすぶりつづけている疼きを消すことができずに、義父にぶつけているのだ。少しは自分への愛情もあるかもしれない。だが、理由などどうでもいい。

千香は修吾の指を受け入れ、自らも肉棹をしごいている。それがすべてだ。

二人の降車駅までは、あと七分ほどで着いてしまう。

修吾はシフォンのスカートを指を尺取り虫のようにつかって少しずつたくしあげ、スカートの裾からすべり込ませる。

暖かいせいか、千香はパンティストッキングを穿いていなかった。じかに太腿の内側を撫であげていく。きめ細かな肌がしっとりと汗ばんでいた。

千香はもう抗《あらが》うことをしない。太腿の奥へと指をすべり込ませると、

「くっ……」

修吾の右腕をつかむ、千香の指に力がこもった。

パンティの基底部はそれとわかるほどに蜜を吸い込んで、ぬるぬるだった。下着だけでなく、その脇にも蜜があふれている。

（こんなに濡らして……！）

あの男に痴漢されてから、ここは濡れっぱなしだったのだろう。

千香の傾いた性を思い、そのことでいっそう昂りながら、パンティの上端から一気に手を差し込むと、

「くっ……」

千香は洩れかかった声を、押し殺した。

ミンクのように柔らかな翳りが流れ込むところに、信じられないほどにそぼ濡れた女の苑《その》が息づいていた。

やはり、千香は痴漢されて感じてしまうのだ。日頃は清楚で大人しいのに、もうひとつの顔を持っているのだ。

そう感じた途端に、分身がビクッと頭を振った。

二人がいかがわしいことをしているのに気づいている者もいるだろう。だが、女が明確にいやがる素振りを示さない限り、人は動かない。

千香は今も修吾にしがみつくようにして、小刻みに震えている。

（いいんだ……千香さんもこうされたがっている）

自分に言い聞かせて、ふやけたようにぬめる陰唇の狭間《はざま》に沿うように、指を動

かした。

おびただしい蜜にまぶされた肉襞が中指にぬるっ、ぬるっとまとわりつく。

そして、千香は修吾の肩を噛むようにして「くくっ」と声を押し殺している。

サラダオイルを塗ったような狭間を幾度も指腹でなぞると、上方にこりっとした存在があった。

下からさすりあげてきた勢いそのままに、突起を撥ねあげると、

「くっ……！」

千香はビクンと肢体を躍らせて、そのことを恥じるように顔を伏せる。

今度は、蜜を塗りつけるように肉芽をソフトになぞる。

千香の震えが大きくなり、「くっ、くっ」と鳩が鳴くような声を洩らして、修吾にぎゅとしがみついてくる。

すでに、修吾の肉茎をしごく手は止まっていた。

次の瞬間、千香は潤みを擦りつけてきた。もっと触って、指を入れて、とばかりに泥濘《ぬかるみ》と化した粘膜を押しつけてくる。

そのあられもない所作が、修吾に一線を踏み越えさせた。いや、すでにもっと前から一線を越えていたのかもしれない。

中指と薬指を合わせて曲げ、潤みの中心に慎重に押しつけた。

力を込めると、蜜にまみれた箇所にすべり落ちるようにして、二本の指が嵌まり込んでいった。

「つっ……！」

がくんと顔をのけぞらせて、千香がしがみついてくる。

（ああ、これが千香さんの……）

二本の指を受け入れるだけで精一杯と感じられるほどにそこは狭く、ひくひくっとおののくようにして、侵入者を締めつけてくる。

そして、膣の腹側にはそれとわかる大粒のざらつきがあって、指を根元から折り曲げてそこを擦ると、千香は低い声で啜り泣いた。

頭のなかで何かが爆発していた。

ズボンのなかで分身がビクッ、ビクッと頭を振る。

危険を冒しているというスリル、そして、おぞましいほどの背徳感……。

様々な要素がからみあって、修吾は未曾有《みぞう》の領域へと押しあげられていく。

そのとき、股間がまたざわついた。

千香がふたたびズボンの上から勃起を擦りはじめたのだ。今度は肉茎を握って強くしごいている。

まるで、これを今指のおさまっている場所に欲しい、とでも言いたげに、情熱的に擦ってくる。

普段は大人しく、申し分のない嫁だ。その女が義父のペニスを握り、あさましいほどにしごいている。

修吾も指を躍らせる。

ほぼ直角に立てた指で、膣奥までしゃくりあげる。扁桃腺《へんとうせん》のようにふくらんだ肉畝を撥ね除《の》けるように、抜き差しする。

少し突き出した子宮口を感じて、周辺のコンニャクのような粘膜をこねまわす。

千香は下半身を痙攣させながら、もたらされる快感をぶつけるようにして、修吾の勃起をしごきたてている。

どろどろに溶けた隘路《あいろ》が収縮を繰り返し、おびただしい愛液がにじみ、指ばかりか手のひらまで温かい蜜を感じる。

リストを利かせて、膣肉を連続して撥ねあげると、

「く、くくくっ……」

千香はぎゅっとしがみつきながら、震えている。

あと少しで、千香は気を遣るだろう。そして、自分も射精するだろう。

指の動きを速めたとき、電車がブレーキをかけてスピードを落としたのがわかった。

間もなくM駅に着く。そして、こちら側のドアが開く。

この状態では痴漢がばれてしまう。

修吾が膣肉から指を抜こうとすると、それはいや、とばかりに下腹部が追ってきた。

2

電車を降りたとき、千香は立っていられないとでもいうようにホームにしゃがみ込んだ。

人目もある。あわてて腕をつかんで立たせると、千香は潤みきった瞳で修吾を見あげた。女の欲望をたたえたその切迫した目が、修吾のオスの部分をかきたてる。

力の抜けた身体を支えるようにしてホームを歩き、改札口を出た。

だが、このまま歩いて、家に帰る気にはなれなかった。帰途の間に二人の欲望が冷めてしまう気がした。

駅を出たところで、ビジネスホテルが目に飛び込んできた。

八階建ての中規模のホテルで、まだ使ったことはないが、廉価なわりには施設は清潔だと聞いていた。

普通のホテルなら、たとえ父と義理の娘という二人の関係が明らかになったとしても、言い訳はできる。

(いや、ダメだ。そんなことをしたら、取り返しがつかなくなる。これから先も家庭生活を送るのだから……)

駅舎の前で立ち止まったまま、修吾は動けない。

その間も、千香は立っていられないとでもいうように身をもたせかけている。

(千香さんはどうしたいのだろう?)

視線をやると、千香もこちらを見た。理性を欲望が超えてしまったような妖しいメスの目が、修吾の気持ちを決めさせた。

汗ばんでいる手をつかんで、修吾は先に歩いていく。

千香はふらふらとよろけながら、後をついてくる。

ビジネスホテルのエントランスを潜《くぐ》り、フロントが見えてきたところで、千香をラウンジのソファに座らせる。

フロントに空いている部屋はないか訊《たず》ねると、あるという。

チェックインの手続きを済ませ、カードキーを受け取って、千香とともに部屋に向かった。

エレベーターに乗っている間も、千香は修吾に身体をもたせかけて、時々、つらそうに太腿をよじりあわせ、修吾の腕をぎゅっと握る。

吐く息が乱れ、全身から物憂げで淫らな情感が匂い立っていた。

五階でエレベーターを降り、部屋の前で立ち止まって、カードキーを使ってドアを開けた。

部屋に入って、カードキーを所定の位置に差し込むと、明かりが点いて、間接照明がシンプルな部屋をぼんやりと浮かびあがらせる。

カーテンは閉まっている。いかにも機能性を重視したビジネスホテルという造りで、ダブルベッドの他にはライティングデスクと、窓際にひとり掛けのソファが一脚置いてあるだけだ。

「あの……」

千香が何か言いたげに、修吾を見た。

「何も言わなくていい……これからすることは、絶対に内緒にしよう。二人だけの秘密にしよう。いいね？」

言うと、千香はややあって静かにうなずいた。

周平の顔が頭に浮かんだ。裏切りには違いない。だが、直接息子を傷つけるわけではない。黙っていれば、周平は今までどおりの生活を送ることができる。

（俺は、千香さんの欲望を満たしてやるだけだ……）

そう自分を納得させて、千香がはおっているジャケットに手をかけると、千香は自分で脱いで、観音扉のクロゼットからハンガーを取り出して、かけ、修吾のスーツの上着も同じようにクロゼットにしまった。

我慢できたのは、そこまでだった。

所在なげに佇んでいる千香の肩に手を置き、ベッドに連れて行こうとすると、千香が思わぬことを言った。

「ゴメンなさい。ベッドはいやなんです」

「ベッドではダメなのか？」

問うと、千香はこっくりとうなずいた。理由を問い質《ただ》したかったが、それはしてはいけないような気がした。

「じゃあ、どうすればいい？」

「立ったまましてください。痴漢するみたいに」

恥ずかしそうに言って、千香は目を伏せた。

ならばと、修吾は立っている状態でブラウス姿を背後から抱きしめた。

ちょうどライティングデスクの前で、正面の壁には大きな鏡がついている。

「いやっ……」

鏡に自分が映っていることに気づいて、千香が顔をそむけた。

「見なければいいよ」

言い聞かせて、修吾は後ろからブラウスの胸に手を伸ばした。

両手でふくらみに沿ってそっと押し包むようにする。こうすると、見た目より量感があって、たわわなふくらみのしなりを感じる。

「こんなこと、電車のなかではできなかった。人の目があるからね」

耳元で囁きながら、ブラウスごと乳房を揉みしだく。指が頂上の突起に触れると、

「はんっ……！」

千香は顔を撥ねあげて、それを恥じるようにうつむいた。

車内で見せたあの淫らな情感が千香の身体から匂いだす。鼓舞されるように、修吾はブラウスのボタンをひとつ、またひとつと上から外していく。

胸元がはだけ、純白のブラジャーがあらわになると、

「いや……」

その手でふくらみを隠した。

おそらく心底からの拒否ではないだろう。だが、「いや」と言われると、修吾も意地悪な気持ちになる。

「あの男に痴漢されて感じていたのに、脱がされるのはいやなんだね」

千香はハッと息を呑んだ。色白の顔が見る間に羞恥の色に染まっていく。

「やはり、見ていらしたんですね？」

「ああ……千香さんがあの男に触られて、気持ち良さそうにしているのをね」

言うと、千香は今にも泣き出さんばかりの表情で、きゅっと唇を噛んだ。

髪からのぞく耳たぶが紅潮し、恥ずかしくて仕方ないとでもいうように、首を横に振る。

修吾は、以前にも同じ男に痴漢されていたところを見たことがある、という言

葉をかろうじて呑み込んだ。今は明らかにしてはいけないという気がしていた。

代わりに、

「千香さんは、痴漢されると感じてしまうんだね？」

確認すると、千香は出かかった言葉を何度も呑み込む。

「答えられないようだね」

痴漢の余韻が下腹部に甘くくすぶっていて、修吾の理性を奪い、犯してはならない領域へと引きあげていた。

前開きのブラウスの裾をスカートから引き出して、あらわになったブラジャーごと乳房をつかむと、

「ぁうぅぅ……」

千香は少し前に屈んだ。

純白の刺しゅう付きブラジャーに包まれたふくらみが指の間からはみだし、その様子が前の鏡に映っている。

自分の行為を鏡で見ながら、修吾は右手を左側のカップの隙間に、斜め上から潜り込ませた。

しっとりした乳肉のしなりとともに、指が硬くしこった乳首に触れて、

「くっ……！」

千香は、修吾の手に手を重ねて、ビクンと震える。

指が勝手に動いていた。

ブラジャーを手の甲で押しあげながら、親指と中指に突起を挟んで、くにくにと転がすと、

「あっ……くぅぅ……いけない。くっ……ぁああぁぁぁ」

千香は最後には、うねりあがる愉悦に身を任せて、顎をせりあげた。

いっそうせりだしてきた乳首をこねたり、その頭部を押しつぶすように愛撫を加えると、千香はビクン、ビクンと痙攣して、背後の修吾に背中を預けてくる。

修吾は今度は左手で、右の乳房をかわいがる。

刺激するたびにどんどん硬くなっていく乳首をあやしながら、後ろからスカートのなかに手を入れた。

シフォンスカートの薄い布地を手の甲で押しあげて、尻を撫でさすった。

面積の少ないシルクタッチのパンティのすべすべした布地を感じながら、尻たぶの丸みに沿って円を描くように撫でまわした。

「想像しなさい。今、二人は満員電車のなかにいる。千香さんは誰ともわからな

い男に痴漢されている。尻を撫でられて、乳首をいじられている――」

耳元で囁くと、千香もその気になったのか、

「ぁああ……あああうぅぅ」

感に堪えないような声を洩らして、顎をせりあげる。

修吾も次第にその疑似プレイに没頭していった。

左手で左右の乳首を交互に攻めながら、右手で尻たぶを下から持ちあげるようにして、たわんだ尻をたぷ、たぷと揺らせる。

「ぁあああぁぁ……これ、いやっ」

「いや、と言うわりには、乳首がカチカチだ。それに……」

修吾は尻のほうから右手をパンティの内側へとすべり込ませる。

熱いと感じるほどの尻たぶの底に、ぬるっとした女の証が息づいていた。

「ほうら、千香さんのここは、もうヌルヌルだ」

「やっ、言わないで……やっ、やっ……あうぅぅ」

「そうら、どんどん濡れてくる。どうしてなんだろうね？」

さらさらの髪からのぞく耳に口を接して言う。

自分がひどく卑劣でいやらしい男になったような気がする。いや、これが自分

の真実の姿なのかもしれない。

恥肉を満たす粘液が、指を濡らす。

車内でもあんなに愛液を分泌させていたのに、また、指がふやけそうなほどの愛液を垂れ流している。

そのとき、股間に何かが触れた。

見ると、千香が後ろ手に右手を伸ばして、ズボンの股間をやわやわとさすっていた。真っ赤になってうつむきながらも、猛りたつものの形を確かめるように指でなぞる。ついには握って、上下にしごきだす。

こらえきれなくなって、修吾は自分でズボンのファスナーをおろした。

ブリーフを突きあげた肉棹を、千香は後ろ手につかんで、親指と人差し指で擦りはじめた。その動きが徐々に激しいものになると、修吾はもっと触ってほしくなる。

「こっちを向いて」

千香はおずおずとした動きで向き直った。

身体を接するようにして、右手で股間のふくらみをさすってくる。

修吾の肩に顔を載せて、おろした右手で勃起を情熱的にしごき、「ああ」と抑えきれない声をあげた。

指の動きはいっそう活発になり、ブリーフの上からもどかしげに肉柱を擦る。

いったん離れた手が、クロッチの開閉口からブリーフに潜り込んできた。

あっと思ったときは、じかに肉棹を握られていた。

ほっそりした指で直接分身をしごかれると、快美の電流が走り、疼きが急激にひろがっていく。

「ぁああ、こんなにカチカチになさって……」

耳元で喘ぐように囁いて、千香はいっそう激しく指を動かす。

ブリーフのなかで、包皮が亀頭冠のくびれを行き来して、そこがジンと痺れてくる。

「お義父さま、わたし、もう……」

次の瞬間、千香の身体が沈み込んだ。

突っ立っている修吾の前にしゃがんで、ブリーフを一気に引きおろす。

ブリーフにいったん引っ掛かった屹立が、ぶるんと転げ出てくる。

それは亀頭部を茜色《あかねいろ》にテカらせ、鋭角にそそりたっている。

若い頃はこうだった。だが最近はとんとなかった。こんな状況とはいえ、天を突く分身を誇らしく感じてしまう。

「ああ、お義父さまの、逞《たくま》しいわ」

千香は愛しいものをめでるように触っていたが、やがて、先端にちゅっ、ちゅっとキスをする。

肉の塔を捧げ持つようにして、細い舌を出して、鈴口をちろちろとあやしてくる。そうしながら、蕩けたような瞳を修吾に向ける。

それから、溜め込んでいた感情を一挙に吐き出すように頬張ってきた。

屹立を根元まで咥え込み、もっと奥までとでも言いたげに、修吾の腰を引き寄せる。

「くおおぉぉぉ……」

温かく濡れた口腔に分身を包み込まれて、修吾は天井を仰いだ。

この前、路地でフェラチオされた。だが、全然気持ち良さが違う。

不思議なほどに罪悪感はない。あるのは、脳味噌が痺れるような快感だけ。

すでに自分は世間の常識から外れたところにいるのかもしれない。

千香は湧きあがるものをぶつけるように情熱的に唇をすべらせ、いったん吐き出して、ふたたび尿道口にちゅっ、ちゅっと繊細なキスを浴びせる。

それから、長く尖った舌を出して、鈴口に沿って這わせる。尿道口を指で開いて、縦に割れた窪みに尖った舌先を差し込み、ねろねろとくすぐってくる。

神経の糸がキーンと張りつめ、分身も一本芯が通ったようにギンとしてくる。

千香はちらっと上目遣いに様子をうかがってから、今度は裏筋を舐めおろしていく。

袋にまで舌を届かせ、そこから舐めあげてくる。

敏感な裏筋をツーッとなぞられると、ぞくぞくっとした戦慄とともに、分身が頭を振った。

千香は一瞬びっくりしたように目を見開いたが、にっこりして、上から唇をかぶせてくる。

まったりとした唇を肉柱にからみつかせ、ゆったりと、しかし確実に敏感な箇所を擦ってくる。

修吾は湧きあがる愉悦に目を閉じたくなるのをこらえて、垂れ落ちた髪をかきあげてやる。

千香は上目遣いに見て恥ずかしそうに目を伏せ、静かに顔を打ち振る。

はだけたブラウスから、純白のブラジャーに押しあげられた乳房の丸みがのぞいている。

そして、形のいい唇がOの字に開かれて、血管の走るおぞましい肉柱にからみつき、起伏に沿ってすべり動く。

昂奮が極地に達したのか、ジーンと痺れてきた。こんなに感じているのに、体験していることがどこか夢のようだ。

唇の動きが止まり、なかで舌がまとわりつき、敏感な裏のほうを刺激してくる。

ふと、この前覗き見た、千香と周平の閨がよみがえってくる。

あのときも、千香は周平のいきりたちを情感こめてしゃぶっていた。痴漢された夜だった。痴漢を経験すると心身ともに昂ってしまうのだろう。

普段は厳しく自分を律しているのに、いったん箍《たが》が外れると、潜んでいた激しい女の性が顔をのぞかせる——。

また、唇がすべりだした。

「んっ、んっ、んっ……」

自分を鼓舞するような声をあげて、一心不乱に顔を打ち振って、唇と舌で梶棒をしごいてくる。

うねりあがる愉悦が限界を超えた。

修吾は腰を引いて肉棹を抜き取り、千香を立たせた。

ふらつく千香に後ろを向かせて、ライティングデスクにつかまらせた。

黒いシフォンのスカートをまくりあげると、白いパンティを張りつかせた尻がまろびでた。

横に張り出したヒップが恥ずかしそうに窄められる。

「きれいなお尻だ。恥ずかしがることはないよ」

そう言って、修吾は尻を撫でる。パンティのすべすべした感触としっとりとした肌の違いが、手のひらに伝わる。

修吾はもっと間近で見たくなって、尻の後ろに屈んだ。

双臀の狭間に白い布地が細くなって食い込み、深い谷間を作っているのがはっきりとわかる。クロッチ全体が水に浸したように濡れて変色していた。下着だけでなく、両サイドにもぬめるものがにじんで、鼠蹊部《そけいぶ》を光らせている。

「千香さん、ものすごい濡れようだ」

「ぁああ、やっ……」

千香が片手を後ろにまわして、陰部を隠した。

その手を外して、パンティを握り、引きあげた。

紐《ひも》のようになったクロッチ部分が陰唇に食い込んで、ぷっくりした肉土手が左右からはみだす。

「ぁあぁ、やめて……恥ずかしい」

落ちかける腰をぐいと持ちあげて、握ったパンティをもっと引きあげる。

食い込みが深くなり、縮れ毛の生える変色した肉土手が大きくはみだし、その内側にはよじれた肉びらも顔をのぞかせ、さらにその中心を紐のようになった基底部が深々と押し割っている。

修吾は引っ張りあげたパンティを、左右に振った。

すると、褌《ふんどし》のようになったクロッチが陰唇を擦り、ネチッ、ネチッといやらしい音が聞こえる。

「ぁあぁ、この音、いや……」

千香は消え入るような声をあげながらも、もっととでもいうように腰を横揺れさせた。

3

パンティを引きおろして、足先から抜き取っていく。

足踏みするようにして下着を脱いだ千香は、それでも秘部をさらすのが恥ずかしいのか、尻たぶをきゅっと引き締めた。

ブラウスの背中を押さえつけ、スカートをまくりあげると、ゆで卵のような光沢を放つ尻が突き出されてくる。

急峻なラインで張り出した左右の尻たぶの底に、女の恥肉が薄紅の裂け目をのぞかせていた。

そこは石榴《ざくろ》のように割れて、赤い肉が潤沢な蜜にぬめ光っている。

指を合わせて潤みを撫であげると、千香はビクッと尻を震わせる。指腹に蜜がべっとりと付着する。

右手の中指と薬指を合わせて、小さな肉孔に慎重に押し込んでいく。

熱いと感じるほどの窮屈な祠に指が吸い込まれ、

「くうぅぅ……」

修吾は鳩が鳴くように呻いて、ライティングデスクを強くつかむ。

扁桃腺のような肉畝をかき混ぜると、くちゅくちゅと音がして蜜があふれ、

「あっ……ぁああうぅぅぅ」

千香はがくっ、がくっと膝を落とす。

気になっていたことを聞いていた。

「千香さんは、指でされるのが、そんなにいいのかい?」

「……そうじゃないの。そうじゃなくて……」

「そうじゃなくて?」

「説明するのは難しいです……ぁああ、お義父さま、お義父さま……」

「どうした?」

千香は何か言いかけてやめ、じりっ、じりっともどかしそうに腰を揺する。

「あれが欲しいんだね?」

「……はい」

さきほどから、股間のものは勃起しつづけている。

自分も下着とズボンを脱いで、ソファに置いた。

ふたたび、千香にライティングデスクに手をつかせて腰を突き出させる。

濡れ光る裂唇に切っ先を押しつけ、腰を引き寄せながら進めていく。

頭部がとば口を押し割って、窮屈な肉の祠を一直線に突き進み、

「うっ……！」

千香は顔を撥ねあげる。

「くうぅぅ」と修吾も奥歯をくいしばっていた。

奥へと進むほどに温度を増した肉路が、蠕動《ぜんどう》しながら分身を締めつけてくる。この濡れて滾るものが、今の千香そのものだという気がした。

繋がっただけで、全身に悦びの波がひろがる。それは、体だけではなく、心にも及ぶ。

自分はこの女を息子の嫁として迎えてから、心のどこかでこうなることを望んでいたのかもしれない——そんなことまで思ってしまう。

義父としてしてはいけないことだ。だが、抑えられなかった。

ごく自然に腰が動いていた。

スカートからまろびでた尻をつかみ寄せ、感触を確かめるように突いた。

千香の膣は狭く、窮屈だが、充分な蜜をたたえているせいか、ストロークをしていても円滑で気持ちがいい。

「うっ……うっ……」

奥へと届かされるたびに、千香は顔を撥ねあげる。

修吾は至福に満たされながらも、デスクの上の鏡に二人の姿が映っていることに気づいた。

ブラウスをはだけさせ、純白のブラジャーをあらわにした若い女が上体を折り曲げて顔を伏せている。その背後で、下半身を剝《む》き出しにした熟年男が醜い体をさらして、腰を打ち据えている。

現実を突きつけられて、修吾は鏡の自分から目をそむける。

(見たくない。見ないようにしよう)

意識的に目を伏せて、ストロークに集中した。

最近は年齢のせいか、ペニスの感覚が鈍くなっていた。だが今は、まったりした粘膜がからみついてくるのを如実に感じられる。

ひと突き、ひと突きを味わうようにゆったりと打ち込むと、千香は少しずつ前にのめっていき、ライティングデスクに伏す形で衝撃を受け止めて、

「ぁああぁ、いい……お義父さま、千香、おかしい……気持ちいいの。すごくいいの……」

腰を後ろに突き出しながら、首をひねって修吾を見る。

黒髪がざんばらに乱れて、ととのった顔は紅潮し、瞳は潤み、そのすがるような、何かを訴えるような目がたまらなかった。

我慢できなくなった。ベッドでこってりとかわいがりたくなった。

「あなたはベッドではダメだと言った。しかし、私は、できれば、ベッドに行きたい。ダメかね？」

訊ねると、ややあってから、千香は静かにうなずいた。

千香もプレイ的な要素のある痴漢モードから、男に存分に抱かれたいという気持ちに変わってきたのだろうと思った。

腰をつかみ寄せて方向転換し、繋がったまま後ろから押していく。

千香は前方に上体を投げ出して、ふらふらしながら前に進み、ベッドに両手をついた。

そのままベッドにあがらせて、両膝をつかせて這う形で、修吾は後ろから打ち据える。

修吾自身はベッドにあがらずに床に足を踏ん張った姿勢で、徐々に打ち込みを強くしていく。

腰を振り子のように振って、硬直を深くめり込ませた。打ち据えるたびに、千香は肢体を揺らして、

「あっ……あっ……うぐぐ……」

両手でシーツが持ちあがるほどに握りしめ、顔を上げ下げしながらも、腰は後ろに突き出しつづけている。

律動をつづけるうちに、修吾も追い込まれていった。

うねりあがる歓喜をぶつけるように強く打ちつけると、

「あんっ、あんっ、あんっ……はうっ」

千香は弾丸に撃ち抜かれでもしたように、前に倒れていく。

嵌まり込んでいた肉柱が抜けて、頭を振った。

ベッドに腹這いになった千香は、肩で息をしている。まくれあがった黒いシフォンのスカートが尻にまとわりつき、まるで犯された女のようだ。

修吾もベッドにあがって、千香を仰向けにした。

膝をすくいあげて、猛りたつものをふたたび埋め込んでいく。

とろとろの肉路は容易に硬直を呑み込み、燃え滾る女の坩堝《るつぼ》が分身をきゅ、きゅっと締めつけてくる。

「ぁあぁ、いい……お義父さま、いいの」

千香はスカートから突き出た左右の足で、修吾の腰を挟みつけている。

修吾は前に手をつき、腕立て伏せの形で、からみつく女の足を撥ねつけるように腰を躍らせた。

千香は足をM字に開いて、切っ先を深いところに導き、修吾の腕にしがみつきながら、

「あんっ、あんっ、あんっ」

と、つづけざまに喘ぐ。

まったりとした肉路をうがつ分身から、甘く、峻烈な快美感が立ち昇り、同時に頭が蕩けるような心の歓《よろこ》びがじわっとひろがった。

決して口に出してはいけない感情が胸を満たし、千香の顔にほつれついた乱れ髪をかきあげてやる。

上からじっと見た。

視線を感じたのか、千香は恥ずかしそうに目を伏せる。

細いがくっきりした眉を折り曲げ、眉根を寄せて、長い睫毛を伏せる。

そのいじらしい表情が、修吾を奮い立たせた。

純白のブラジャーに包まれた乳房を揉みあげると、見た目以上に豊かな弾力が手のひらのなかでたわみ、

「ああ、お義父さま……」

千香は身をよじりながらも、修吾の首に両腕を巻きつけ、もっと深くとばかりに恥丘をせりあげてくる。

こらえきれなくなって、修吾はブラジャーをたくしあげた。

上にずれたブラジャーから、形のいい乳房がこぼれでた。

ちょうどいい大きさの乳房は精一杯自己主張して、やや外側を向きながらもぐんと突き出している。そして、男を魅了せずにはおかない形のいい乳房の頂《いただき》に、朱を一滴落としたような鮮やかな乳首が頭をもたげていた。

ハッとして息を呑み、修吾はしばらくその美乳に見とれた。

「そんなに見ないで」

千香があらわになった乳房を手で隠した。

その手を外し、修吾は片手で乳房を揉みながら、腰をつかった。硬くしこった乳首を指で転がし、つまみ、引っ張り、反対に押しつぶす。

それを繰り返しているうちに、千香の息づかいが荒くなり、

「ぁああ、ぁああ……」

心底感じている声をあげ、それを恥じるように右手の指の背を口にあてながらも恥丘をせりあげてくる。

窮屈な肉路に分身を締めつけられて、修吾も急速に高まった。

「千香さん、千香さん……」

名前を呼んで、腰づかいを速く、激しいものにしていく。

「ぁああ、お義父さま、それ、いい……いいの。いい……あうぅぅ」

仄白《ほのじろ》い喉元をいっぱいにさらして、千香は両手でシーツを引っ掻いた。

自分でもどうしていいのかわからないといったふうに手を彷徨《さまよ》わせ、最後は頭上の枕の縁を両手でつかんだ。

「おおぅ、千香さん、たまらない」

腕立て伏せの形で猛烈に打ち込んだ。

息がつづかなくなり、いつの間にか噴き出していた汗が、額から滴り落ちる。

「ぁああ、お義父さま、イク……イキます」

千香がさしせまった目を向ける。

「いいんだぞ。イッて。イクんだ」

暗示にかけるように言って、最後の力を振り絞った。

くっと奥歯をくいしばり、出来る限りの強いストロークを奥めがけて打ち込んだ。

「あっ、ぁあぁ……ぁあぁぁ……」

千香の洩らす声が低く絞り出すような声音に変わり、表情が見えないほどにのけぞる。乱れきった黒髪がシーツに扇状に散っている。

ポタポタッと汗が滴って、千香の顔面に落ちる。

千香はそれさえ気にならない様子で、両手で枕をつかみ、ぐーんと顎を突きあげた。

「そうら……」

息を詰めて打ち込むと、甘い疼きが急速にひろがって、

「ぁあああ、イクぅ……お義父さま、イキます」

千香は腕にぎゅっとしがみついてくる。

「イケ……！」

連続して叩き込むと、千香は「うっ」と呻いてのけぞり、小さく痙攣した。

修吾はもう一太刀浴びせて、とっさに硬直を抜いた。蜜まみれの分身が体内か

ら離れた瞬間、白濁液が噴水のように迸ってシーツを汚していく。

嵐のようなときが過ぎて、修吾の右腕に頭を載せた千香は、こちらを向いて横たわっている。

どうしても確認しておきたいことがあった。

「ひとつ聞いていいかい？」

千香が不安そうにうなずく。

「今日、千香さんを触っていたあの男、いったい何者なんだい？」

「えっ……？」

「俺が会社の面接を受けにいった日、あの帰りにじつは見てしまったんだ。千香さんが今日と同じ男に痴漢されているのを」

千香が目を見開いてこちらを向き、それから、目を伏せた。

「千香さんは痴漢されて……その……つまり、感じているように見えた。……だから、もしかして、あの男と何かあるのかと。何かあるんだったら、教えてくれないか。やつは何者なんだい？」

千香はためらっていたが、やがて、言った。

「……あの人がどういう人なのか知りません。どこに勤めているのかも、名前さえも知らないんです」

「えっ……だったら、なぜ？」

「じつは……」

千香は、三カ月ほど前にあの男に痴漢をされて、最初はいやがったのだが、どうしても強く拒めず、そのうちに自分でも意外なほどに感じてしまったのだという。

「わたしをつけ狙《ねら》っているのか、あれからもわたしを時々……いやでいやでたまらないんです。でも、あの男にされると……」

「感じてしまうんだね」

ややあって、千香はこくんとうなずいた。

「……周平との夜の生活に、不満があるのか？」

「いいえ、そういうのではないんです。周平さんを愛しています。あっちのほうも不満などありません。でも……どうしてこうなるのか、自分でもわからない」

そう言って、千香はくるりと背を向けた。

修吾もどういう対応をしていいのか、わからない。

しばらくすると、千香がまたこちらを向いた。

「お義父さま、明日の朝、わたしと同じ電車の同じ車輛に乗っていただけませんか？」

「……いいけど。どういうこと？」

あの男は帰宅時だけではなく、朝の通勤時にも千香をつけ狙っていて、今のままでは強く拒む自信がないのだという。

「そういうことなら、喜んでするよ。ちょうど二人は会社に出る曜日が同じだ。それに今はこっちが少し遅いけど、もっと早く会社に出てもいいから」

「すみません……」

「いや、いいんだ」

「それから……このこと、絶対に内緒で……」

「わかってるよ。絶対に他言はしない。二人だけの秘密にしよう」

千香が艶《なまめ》かしい目を向けるので、ドキッとしながらも、

「そろそろ出ようか……周平が帰ってきて二人がいなくては、怪しまれる」

言うと、千香はうなずいて、身体を離した。

「シャワーを浴びていらっしゃい。俺はいいから」

「そうさせていただきます」

千香はベッドから降りて、バスルームに消えていく。

修吾もベッドから降りると、ソファにかけておいた下着とズボンをのろのろと穿いた。

第四章　映画館の中

1

しばらく、千香との蜜月時代がつづいた。

それは、他人が知ったら間違いなく眉をひそめる行為だった。だが、やめられなかった。

朝起きて、千香は三人分の朝食を作り、自分は先に食べる。

その後、千香は洗濯機をまわしたり、家事に勤しむのだが、その頃、修吾は起きてきて、ダイニングテーブルに用意されている朝食をひとりで摂る。

周平は朝が遅い。広告関係の仕事で、出社は遅く、また夜、自室のパソコンでインターネットを見たりして就寝が遅いから、起床も遅くなる。

千香は家事を終えて、手早く化粧を済ますと、周平を起こして家を出る。

修吾もそのすぐ後に、千香を追いかけるように家を出て、徒歩でM駅に向かう。週に四日はそのパターンである。

駅に到着して、千香はホームの一番端に並ぶ。知り合いに会わないようにするためだ。

修吾も同じ列の後方にそれとなく並び、家から持ってきた新聞を顔を隠すようにして読む。

しばらくして、上りの電車が銀色の車体を朝の陽光に光らせて、入ってくる。わずかな客が降りて、多くの客が乗り込む。

修吾は一転して素早く動き、先を行く千香の後を追う。

千香は押し込まれるふりをして、運転席を隔てる壁と客車が交わるコーナーに背中を向けて立つ。修吾も急いでその背後の位置を確保する。

新宿行きの急行が動き出し、修吾は左手に持った新聞をおろして、右手の動きを乗客の視線から遮る。

こうすれば右側は運転席との隔壁だから、痴漢しているところを乗客に目撃される恐れはない。

季節は夏に移り、千香は麻の涼しそうなスーツを着ていた。

乗客が落ち着いた頃を見計らって、修吾は右手をおろし、スカートの上から千香の尻を撫でさする。麻のごわっとした質感がたおやかな尻の輪郭に沿ってすべり動き、肉のたわみが伝わってくる。

そして、千香は手のひらの動きに呼応するように、じりっ、じりっと尻を揺らしはじめる……。

修吾は最初はあの痴漢から千香を護るためのボディガード役として、同じ車輌に乗った。

だが、通勤電車で千香をつけ狙う男はいつまで経っても現れなかった。そして、気づいたとき修吾は誘われるように、千香を触っていた。

千香はそれを待っていたかのように、修吾の指を太腿の奥へと導いた。

(ああ、そうだったのか……)

ようやく、わかった。あの男は朝のこの電車には出没などしないのだ。狂言だったのだ。

だが、そのときすでに、修吾は朝の通勤電車で息子の嫁を触る密かな悦びから逃れられなくなっていた。

そして、今朝も修吾は千香の背後にぴたりと張りつき、スカートをたくしあげながら、右手を後ろから太腿の奥へと潜らせていく。

千香は一瞬ビクッと肢体を震わせたものの、足は肩幅に開いたままだ。

慎重にさすりあげていく。じかに太腿の肌に触れた。しっとりと汗ばんだ肌を撫であげると、尻たぶの底の丸みを感じる。

尻たぶにすべすべのパンティが張りついている。尻の形に手のひらを沿わせ、指を前に伸ばした。

(うんっ……?)

訳がわからなかった。パンティの基底部を感じるはずなのに、じかに恥肉に触れているのだ。

事態を確かめようと周囲をさぐるうちに、ようやく呑み込めた。

パンティのクロッチ部分が開いているのだ。

以前に、アダルトグッズの通信販売のカタログサイトで見たことがある。

女性器を覆う部分が大きく開いていて、これでは下着の役割を果たさないのにと思った覚えがある。

（そうか、千香さん、車内で触りやすいようにとどこかで購入して、穿いてきてくれたんだな）

周平がこういう下着を好むとは思えないし、あらかじめ持っていたとは考えにくい。きっとこのために、何らかの方法で購入したのだろう。

その気持ちをうれしく思うと同時に、淫らな気持ちがうねりあがってくる。

千香は女性器丸出しの下着をつけて、この電車に乗っている。家からここまで、この破廉恥なパンティをつけていたのだ。

この下着を穿いて家を出るとき、どんな気持ちだったのだろう？　そして、今恥ずかしいパンティをつけて、義父に股間をいじられる心境は？

想像するだけで、胸が妖しくざわめいた。

太腿の付け根にはパンティの布地を感じるのだが、その中心部には、褶曲《しゅうきょく》した肉びらが唇のように突き出していて、ぬるっとしたぬめりさえ感じる。

おそらく、船底形に開いた部分の左右から押されて、陰唇がいっそうくびりでてしまっているのだろう。

突き出して合わさっている肉びらをかき分けて、狭間を中指でなぞると、

「くっ……」

中指一本より、やはり、中指と薬指を合わせて挿入したほうが、千香の反応がいいことに気づいていた。

人差し指ではなく、薬指を使うのには理由がある。

 人差し指はどうしても中指より短く、いくら合わせても、肉路を突くのは中指一本になる。だが、薬指と中指を合わせれば指先がほぼ同じ位置に来て、一体化して女陰に触れることができる。接点がひろくなって、それがいいのだろう。

二本指で静かに膣肉を擦りあげていると、ズボンの股間に何かが触れた。

千香の指だった。

千香は後ろ手に勃起をつかみ、ゆるゆると擦ってくる。

ズボン越しのもどかしいような感触が心地よくて、修吾の分身はますます硬くなって、ズボンを突きあげる。

しばらくすると、千香はうつむいたまま後ろ手に、ズボンのファスナーの金具をつまんで引きおろした。

そして、開口部から指をすべり込ませ、ブリーフの上から肉棹をしごいてくる。

斜め上方に向かっていきりたつ硬直を、その雁首や胴体の感触を確かめるように静かに擦る。

直接ではなく、ブリーフ越しというのが、ひどく心地よかった。

むずむずした快感がひろがるのを感じながら、修吾も差し込んだ指でぬらつく肉路をゆったりと擦る。

千香は声を押し殺しながら、後ろ手に肉棹を擦っていたが、やがて、ブリーフの開口部を器用にひろげて指を突っ込んでくる。

あっと思ったときには、分身をじかに握られていた。

ひんやりとした指が熱く硬化した肉茎を包み込み、ゆるやかにしごいてくる。

（おうぅぅぅ……）

心のなかで唸りながらも、修吾は左手に持った新聞で、他の客からの視線を遮っている。

そのとき、急行がスピードを落として、駅で停まった。

乗客の乗り降りがあり、その間に、千香はこちらに向き直った。

いったん離した勃起をふたたび握りしめてくる。今度は向き合っているから、指を動かしやすいのだろう。ブリーフにすべり込ませた指で、きゅっ、きゅっと大胆に擦ってくる。

大胆すぎる行為に、修吾は思わず周囲をうかがった。

例のメガネをかけたデバカメ男が、レンズの奥で細い目を光らせてこちらを凝視している。おそらく他にも二人の行為に気づいている者もいるだろう。

誰かが騒いだらとんでもないことになってしまう。その異様な緊張感と不安感が修吾を、そして千香をいっそう昂らせてしまうのだ。

力を漲らせた分身から甘く蕩けるような快美感が湧きあがるのを感じながら、修吾は右手を後ろからスカートのなかへ忍び込ませ、パンティごと尻たぶを撫でまわす。

千香はくなり、くなりと腰を揺すりながらも顔を修吾の胸に埋めて、猛りたつものをさかんにしごく。

フェラチオしてほしくなった。

先日体験した千香のフェラチオが忘れられなかった。

また、あの温かく蕩けるような口腔愛撫を味わいたい――。

だが、車内では無理だ。それがもどかしくてならない。

右手を前にまわし込んで、麻のスカートをたくしあげながらすべり込ませる。

オープンパンティの開口部には肉のびらびらが開いていて、おびただしい蜜を吐き出していた。めるっとした花芯を指でさすりあげると、

「ぁあぁ……くうぅぅぅ」

千香はくぐもった声を洩らして、いっそう激しく勃起をしごきたててくる。

修吾が指を曲げて力を込めると、体内へとすべり落ちていった。

「くっ……！」

修吾の肩を噛んで、声を抑えて、千香は上体をもたせかけてくる。

目を閉じて、びくっ、びくっと震えながら、身をゆだねてくる。

根元から立てた指腹に、肉襞のざらつきを感じる。大きな粒のようなものを擦ると、千香は「くっ、くっ」と声を押し殺し、微妙に腰を揺する。

その動きが、自分で快感を高めようとしているようにも見える。

修吾は入口から数センチ奥にあるＧスポットを、断続的に押した。

ゆっくりと正確にリズムをつけて圧迫すると、内部が波打つようにして指にからみついてくる。押す動きを叩く動きに変えていく。

指先に神経を集め、タン、タン、タンとつづけざまにスポットをノックすると、千香の身体が、がくん、がくんと揺れはじめた。

「あっ……あっ……うぐぐ」

抑えきれない声をあげて、顔をのけぞらせる。

ここまで来れば、周囲にもその気配がわかるのではと思う。だが、ここまで来たら、もうやめられなかった。

何もわざわざ衆人環視のなかで……とも思う。それでも、やめられない。

自分はきっとおかしくなっているのだ。尋常でなくなっているのだ。

夏ということもあって、人々の体臭や整髪料、化粧などの雑多な匂いがたちこめている。そこに、千香が放つ淫猥なフェロモン臭が混ざり、修吾のオスの部分をかきたてる。

千香は依然として、肉棹を擦りつづけている。

修吾は湧きあがる愉悦を目をつむって味わい、膣肉を指で擦りあげる。

すでに、千香の内部はどろどろに蕩けて、オイルをぶちまけたような粘膜が、指の動きをさまたげでもするかのようにからみついてくる。

周囲のことは頭からほとんど消えて、修吾は二人だけの世界に埋没している。

急行がスピードを落とし、駅で停まって、また動き出す。

だが、このコーナーはさほど影響を受けない。ここは、流動する人々の間にできた死角であり、安全地帯だった。

修吾は指を奥までねじ込んで、子宮口の周辺をぐいぐいと押して、揉み込む。

するると、千香の気配が変わった。

これまでの経験で、千香が膣奥でも感じることはわかっていた。ぐいと伸ばした二本指の先で奥のカンテン質をこねまわし、まとわりつく粘膜を撥ねる。

「くっ……くっ……」

千香は必死に声を押し殺している。

修吾の勃起をしごく指の動きが止まっていた。感じている証拠だ。

ふと横を見ると、あのメガネをかけた男の股間が波打っている。おそらくポケットに入れた手であれをしごいているのだろう。

(かまうものか……しごきたければ、しごけばいい)

修吾がいっそう強く膣肉をこねると、

「あっ……あっ……」

女体が震えはじめた。

千香は顎の下に顔を埋めて、うねりあがる悦楽を醸造させながらも、必死に声を押し殺している。

(イキそうなんだな。イッていいぞ)

修吾は子宮口周辺を勢いをつけてかき混ぜながら、その指を少しずつずらして、

Ｇスポットを叩いた。

リズムをつけて素早く叩きつける。狭まって押し寄せてくる扁桃腺のような肉畝を撥ねて、その間隔を狭めていく。

千香の身体から、気を遣る前の女のさしせまった気配がただよいはじめた。

「あっ……あっ……あっ……」

修吾にしか聞こえない小さな声をたてつづけに洩らして、千香はしがみついてくる。

指の動きを速め、強く肉襞に叩きつけると、

「うっ……」

低く凄絶《せいぜつ》な声を胸のなかで洩らして、千香はがくんとのけぞった。

膣肉が絶頂の痙攣を示し、やがて、弛緩《しかん》していく。

修吾はしばらくその姿勢で千香の絶頂を受け止め、ゆっくりと指を抜く。

千香はオルガスムスの余韻からなかなか醒《さ》めないようだった。それでも、電車が終点の新宿に近づくと、静かに身体を離して、降車に備える。

やがて、急行が新宿に到着して、両側のドアが開き、二人は他の乗客と同じようにホームに降り立つ。

ここから二人は違う電車に乗る。

先を行く千香が改札を出て、遠ざかっていくその後ろ姿を見送って、修吾は別方向へと歩き出した。

右手の中指と薬指にはいまだに女の蜜がべっとりとこびりつき、それを拭うこともせずに、修吾は歩を進める。

2

金曜日の夜、修吾は千香を映画に誘った。

周平は大阪に出張で、一泊し、明日の夜に帰ってくる。

昨日、修吾が「明日は周平が出張だろう。たまには二人で映画でも観ないか」と千香を誘ったところ、

「いいですね。お義父さまとの映画なんて、初めてですものね」

千香が乗ってきた。

周平が帰宅しないのだから、自宅で千香と身体を合わせることもできる。

だが、それをしたら、二人はどうしようもないところへと堕《お》ちていくような気

がした。千香もそこまでは望んでいないだろう。

通勤電車での秘め事は、挿入行為まで至らないから許されるのだ。限られた時間で行われる秘密の儀式だった。

だが、一緒に映画を観るくらいなら、いいだろう。もちろん、この段階で修吾は隣に座った千香の部分を触ることくらいは頭に入れている。秘密兵器も用意してある。

仕事を終えて、二人は映画館近くのイタリアンレストランで落ち合い、夕食を摂った。

映画のほうは最終上映の回を観る予定だ。

パスタを食べ終え、食後のコーヒーを飲んでいるときに、修吾は用意しておいたものを取り出し、小さな包みを千香に渡した。

「プレゼントだ。これを、あそこに入れてきてくれないか?」

言うと、千香は怪訝《けげん》な表情をした。

「何ですか?」

「見れば、わかるよ。ここではダメだ。あそこに入れてきてくれればいい」

そう言って、修吾は視線を千香の下半身に移した。

修吾とのデートを意識してくれているのか、千香はいつもより華やかなスーツを身につけていた。ミニのタイトスカートはサイドにスリットが入っていた。そして、今朝、車内でいつもの痴漢プレイをして、千香が太腿までのストッキングを穿き、オープンクロッチパンティをつけていることもわかっていた。

千香は首をひねって、小さな包みを見ていたが、席を立って、化粧室に向かった。

修吾が渡したものは、無線式のローターだった。

長さ七センチ、直径が三センチほどの長円形のローターバイブで、コントローラーで遠隔操作ができる。インターネットショッピングで購入したものだ。

しばらくして、千香が戻ってきた。伏目がちに歩いてくる。

渡されたものが何であるかをわかったのだろう、千香は羞恥に頬を染めて、椅子に腰をおろす。

「入れてきたんだね？」

千香は無言でうなずき、修吾を見あげる。

「落ちなさそうかい？」

「……えぇ」

消え入りそうに言って、千香がタイトミニから伸びた左右の太腿をぎゅうとよじりあわせるのが見えた。

「これが何だかわかるね？」

パスタの皿が置かれたテーブルの上に、黒い小型のスイッチを載せる。

千香は見入られたように視線を長方形のコントローラーに落としている。

他の客が見たところで、これがまさかバイブのコントローラーなどとは思わないだろう。

修吾は押しボタン式のスイッチに指を添えた、静かに押すと、

「うっ……」

千香は低く呻いて、下を向いてしまう。

その様子をうかがいながら、修吾はボタンを次々に押していく。

五段階あって、バイブレーションの仕方が違う。

ツッ、ツッ、ツッと断続的に震えるものや、ツーッ、トン、ツーッ、トンと強弱のリズムを刻むパターンもある。

ボタンを等間隔で押していくと、千香はそのたびに反応し、「くっ」と白い歯列をのぞかせる。

唇をめくれあがらせ、真珠のような白い歯をのぞかせながらも、千香はうつむいて必死に耐えている。その顔が徐々にあがり、

「あっ……」

と、声にならない喘ぎをこぼし、それを恥じるようにまたうつむいた。

もう何も考えられないといった様子で、ただじっとしている。それでも、ととのった顔は紅潮し、首すじにも朱が浮き出ている。

身体が震えはじめていた。効きすぎている。このまま昇りつめるかもしれない。

このレストランで気を遣るのはまずい。

修吾がスイッチをオフにすると、千香の身体から緊張の色が消えていった。

「そろそろ出ないと、上映に間に合わない……あれは大丈夫か？　落ちそうになってないか？」

ややあって、千香が静かにうなずいた。こちらを見る目がとろんとして、すがりつくような目がたまらない。

レストランを出て、映画館に向かう。数分で到着し、チケット売場で二人分のチケットを買い、入場した。

すでに、前回の上映は終わっていて、客の入れ替えがはじまっている。

上映作品は、外国の古い官能文学を映画化したもので、激しいセックスシーンには賛否両論があった。金曜日の最終上映なのでもっと混むかと予想していたのだが、意外に客席は空いていた。

二人はチケットに指定してある席をさがし、最後列のひとつ前のシートのほぼ中央に腰をおろした。左右の席は空いていて、後ろの席にも観客はいない。

予告編が流れ、本編がはじまった。

スクリーンにイタリアの田園風景が映し出され、しばらくして、牧場の小屋の干し草を寝床にしての、中年の恰幅《かっぷく》のいい主人と、乳房がやたら大きい若い女中とのセックスがはじまった。

雇い主と使用人の激しい抱擁とキスがあり、赤毛の女中の長いスカートがまくりあげられ、そこに主人の手が入り込む。

横を見ると、千香は画面を食い入るように観ながらも、息づかいが乱れている。

さきほど膣肉をローターで刺激され、今もローターは体内に埋まっている。

まだバイブレーターのスイッチは入れてないが、いつ振動しはじめるか千香にはわからないのだ。

それ以前に、映画館でバイブを体内に埋め込み、しかも、オープンクロッチパンティをつけているという状況が、千香を不安と期待からくる妙な昂奮状態にさせているのだろう。

上映中のわずかな明かりでも、千香の瞳が潤んでいるのがわかる。

スクリーンでは、女中がメロンのような乳房をあらわにして、主人のイチモツをフェラチオしている。その部分にはボカシが入っているのだが、長大なものを必死に頬張っている。

修吾はスクリーンに視線を投げながら、右手を隣の席に伸ばした。

千香はビクッとしたが、目はスクリーンに向けられている。

修吾はスカートの上から太腿を撫で、それから、手を左右の膝の間に添えた。

すると、ストッキングに包まれた膝が修吾の意を汲《く》んだように、少しずつひろがった。股を開きながらも、千香はスクリーンに視線を投げたままだ。

心臓がドクン、ドクンと胸を打つのを感じながら、余裕のできた太腿の内側を撫であげていく。

それにつれて、千香の足がさらにひろがり、修吾は内腿の丸みに手を添えて、ゆるゆると撫でさする。

それだけのことで、股間のものから先走りの粘液がにじんだ。

千香が顔を肩にもたせかけてきた。

上体を寄せて、修吾の右腕にすがりつくようにしながら、開いた足をぎゅうとよじりあわせたり、反対にひろげたりする。

ストッキングとパンティの間の素肌は、すでにしっとりと汗ばんでいた。

修吾は右手を深く差し込むと、手の甲がスクリーンに向く形で、手のひらを太腿の奥へと張りつかせる。

ビクッと震えて、千香が修吾の腕をつかむ指に力を込めた。

かまわず撫でると、ミンクの毛ほどにも柔らかく質感のいい陰毛とともに、そぼ濡れた恥肉を指腹に感じる。

「もう、濡れているぞ」

耳元で囁くと、千香は腕をつかむ指にぎゅっと力を込めた。

中指を狭間に押しつける。肉びらが割れて、ぬるっとしたものが指腹にまとわりついてくる。

ローターは体内深く嵌まり込んでいるのだろう。ほとんど存在を感じない。

狭間を擦り、上方の突起を指で弾くと、千香は胸に顔を埋めて、「くふっ」と声を詰まらせる。

修吾はあふれだしている蜜をクリトリスになすりつけながら、左のポケットに忍ばせておいたコントローラーをつかんだ。ボタンを押すと、ビクッとして千香は腕をつかむ指に力を込める。

膣におさまっているためか、音はしない。だが、恥部に押しあてた修吾の指はツッ、ツッ、ツッという断続的な振動を感じ取る。

千香は何かに耐えるように唇を噛みしめていたが、やがて、こらえきれないとでもいうように腰が揺れはじめた。

シートに埋めた腰を微妙にくねらせ、

「うっ……うっ……」

と、声を押し殺す。

スクリーンでは、主人が女中を貫いていた。

藁《わら》の上に仰向けになった若い女中を、上になった主人が組み伏せて、猛烈に腰をつかっている。そして、女中は主人の腕にしがみついて、イタリア語で何かを訴えている。修吾には字幕など読む余裕はない。

修吾はスクリーンの濡れ場にかきたてられながらも、ちらっと横を見る。

千香は顔を伏せていて表情はわからない。だが、腰を前にせりだして、スリットの入ったタイトミニからのぞく長い足をいっぱいに開いている。

修吾は左手に持ったコントローラーを操作して、振動のリズムを変えながら、右手を濡れ溝に擦りつける。

陰唇の外側をなぞり、薄い肉びらを指に挟み込んでくにくにと揉む。

手を奥まで差し込んで、濡れ溝をなぞりあげる。

「あっ……あうぅぅぅ、ダメっ……それ以上されたら」

千香が耳元で、さしせまった様子で訴えてくる。

ならばと、修吾は千香の左手を取って、ズボンの股間に導いた。

ズボンを持ちあげている硬直を、しなやかな女の指がなぞり、おずおずと握ってくる。

近くに観客の姿はない。四つほど離れた左側の席に若いカップルが座り、女が男の肩に頭をもたせかけている。

(大丈夫だ。誰も見ていない)

修吾はズボンのファスナーをおろして、千香の手をブリーフに導いた。

細くてすらっとした指がブリーフ越しに、いきりたちをさすったり、握ったりする。

千香の指が妙な動きをした。ブリーフのクロッチ部分から肉棹を取り出そうとしている。しばらくして、肉の硬直がクロッチから顔をのぞかせた。

修吾はあわてて左手で、それを隠す。

それでも、ズボンからはみだした肉色の棍棒がほぼ垂直にそそりたち、亀頭部のテカりや形が、映画館ではいかにも場違いだ。

その大胆さに驚いているうちにも、千香の顔がこちら側に傾きながら、沈み込んでくる。

（えっ……？）

一瞬何が行われたのか、理解できなかった。

だが、温かくぬめる口腔が、分身を包み込んでくる感覚が、今、フェラチオをされているのだという現実感を伝えてくる。

それを味わう間もなく、左右に気を配る。観客はスクリーン上で行われている主人とその妻との激しい罵《のの》り合いに目も耳も奪われている。

（これなら、大丈夫だ……）

修吾は手の動きを止め、神経を肉茎に集めて、もたらされる悦びにひたった。

千香は深く頬張って、肉柱を口におさめたまま、舌をからみつかせている。

ねろねろと動く舌の感触、指先に感じる恥肉のぬめりとローターの振動、そして、スクリーン上を踊る光の渦……。

修吾は至福の瞬間に身をゆだねた。

柔らかな唇がゆっくりと上下にすべりはじめた。

桜桃みたいに張りのある唇が、根元から亀頭部にかけて這いあがってくる。エラのくびれをすべっていったん離れる。今度は、尿道口を舐めてくる。

左手の指で押し開かれた鈴口の内部に、尖った舌が入り込み、ちろちろとくすぐる。

内臓にまで及ぶような感覚に神経の糸が張りつめて、足が突っ張る。

それから、千香はまた頬張ってくる。

今度は顔をゆったりと打ち振っている。まったりとした唇が根元から亀頭冠にかけて這いあがり、くびれを小刻みに刺激されると、熱い疼きがジーンとした痺れに変わった。

そのとき、荒い息づかいが聞こえたような気がした。

ハッとして見ると、いつの間に来たのだろう、千香の右隣に男がいた。

男はよれよれのゴルフシャツを着て、くたびれたズボンを穿いていた。痩せた男は、中年男のいやらしさ丸出しの目で、二人を見ている。

千香は昂っているのか、隣の男が覗いていることに気づかない様子で、一心不乱に肉棹を頬張っている。

本来なら、隣の男が覗いていることを千香に教えて、フェラチオをやめさせるべきだ。だが、分身から立ち昇る快感がそれをとどまらせた。

代わりに、男をにらみつけてやった。

男は怯えた目をして、スクリーンに視線を向ける。

そのとき、後ろからも気配を感じた。

ハッとして振り向くと、髪の薄い男があわてて上体を後ろに引くのが見えた。

おそらく、二人の行為を覗き込んでいたのだろう。

(二人に見られていたのだ……)

冷や汗が噴き出してきた。

彼らはこの映画の評判を聞きつけて、ポルノ映画を観るような気持ちでやってきたのだろう。そして、客席でいかがわしい行為をしているカップルを発見して、それを間近で見るために近づいてきた——。

このままでは危険だ。やめて、席を立つべきだ。

だが、このとき、修吾はこうも感じていた。

そんなに見たいのなら、見せてやろうか——。

自分のどこにこんな感情が潜んでいたのか？

ふと見ると、右隣の男がズボンから勃起を取り出して、さかんにしごいていた。

もうスクリーンは観ずに、千香のフェラチオシーンを食い入るように見て、それをオカズに自慰をしている。後ろからも、男の荒い息づかいが聞こえてくる。

邪悪なものが湧きあがってきて、修吾は千香の耳元で囁いた。

「オナニーしてごらん」

千香はためらっていたが、身も心も昂りきっているのだろう。右手をスカートのなかに潜り込ませた。

スカートが波打ち、開いた足がいっそうひろがって、ぶるぶると震えている。

自ら恥肉をいじりながら、修吾のイチモツを咥えつづけている。

右隣の男が目を血走らせて千香を見ながら、あさましくいきりたつ肉の棒をさかんにしごいている。

千香は自らの快感を高めることに没頭していて、覗きにはまったく気づかない様子で、左右の太腿をよじり、洩れそうになる声を肉茎を頬張ることで押し殺している。

修吾は自分がステージでスポットライトを浴びているような昂揚感にとらえられていた。

いや、このステージの主役は千香だ。自分では気づかないうちに、ショーの主演を務めているのだ。

そのとき、右から覗いていた男が感極まったのだろう、「おおぅぅ」と唸った。その唸り声が千香にも聞こえたのだろう。千香は肉棹を吐き出して、それが何なのか確かめるように、右隣を見た。

そして、涎《よだれ》を垂れ流さんばかりの男の顔と、右手に握られているおぞましい屹立に目をやり、ハッと息を呑んだ。

それから、困惑顔で修吾を見た。

二人で席を立つべきだった。だが、邪悪なものが、修吾の心に湧きあがった。

「大丈夫だよ」

そう言って、千香の顔を引き寄せ、ふたたび下腹部に押しつけた。

いきりたつものを無理やり、千香の口に押し込んだ。

千香は一瞬抗ったが、後頭部を押さえつけている間に、静かになった。

肉棹で口をふさがれたまま、ハアハアと肩で息をする。

頭をつかんで口を動かすようにうながすと、千香はおずおずと顔を上下に振りはじめた。

何かが千香のなかで起こっていた。あらかじめあったものが正体を現しただけなのかもしれない。

最初はゆっくりだったストロークが、途中から激しく大きなものに変わった。

こうしていないと男の視線を忘れられないとでもいうように、あるいは、抑えていた渇望が堰《せき》を切ってあふれだすように、千香は激しくしごきたててくる。

スクリーンでは、主人と貴婦人が停まっている馬車の上で、からみあっていた。馬車のシートの上に仰向けになった貴婦人の片足を高々と持ちあげて、主人が激しく腰をつかっている。

貴婦人の押し殺した声が映画館に充満し、馬車での性交を、客が息を凝らして観ている。

昏がすべる快感を受け止めながら、修吾は右手を伸ばして、千香のスカートをまくりあげた。

スリットの入ったスカートがたくしあげられて、太腿が付け根までさらけだされた。

「くっ……」

びっくりしたようにスカートをおろそうとする手を押し戻し、いったんよじりたてられた太腿を開かせる。

千香は身体をねじって修吾の肉棹を頬張りながら、足を大きくひろげている。

そして、体内に埋め込まれたローターは依然として動きつづけている。

そのとき、右隣の男の手が伸びてきた。

開かれた足を太腿に向かっていやらしく撫でながら、ズボンから突き出したものを激しく擦りたてている。

その手が翳りの底に添えられる。

ビクッとして、千香は足を閉じ、顔をあげようとする。その顔を押さえつけ、修吾は足を開かせる。

男の指が裂唇の潤みをなぞっていた。

おずおずとさすっていた指の動きが大胆になり、ネチッ、ネチッと音がするほどに陰唇の狭間をかき混ぜている。

それにつれて、千香の身体がビクッ、ビクッと震えはじめた。

大きくひろげた太腿の肉を痙攣させ、肉棹を咥え込んだ口から、「くくっ」とこらえきれない声を洩らす。

やがて、千香の腰が前後に揺れはじめた。

まるで、もっと触ってほしいと言わんばかりに、下腹部がくいっ、くいっとせりだされ、もどかしそうに横揺れする。

右隣の男が食いつかんばかりの形相で千香に視線を集めながら、さかんに肉棹をしごいている。

千香はすでに口のストロークはできなくなっていて、ただただ肉棹を咥えたまま、声を押し殺していた。

身体の痙攣が激しくなり、男の手が張りつく腰が前と横に揺れる。

誰ともわからない男の指に身をゆだね、昇りつめようとしている千香――。

男が低く唸って、手の動きを止めた。

映画館に栗の花の異臭がただよい、男は出すものを出して満足したのか、逃げるように去っていく。

後ろにいたはずの男もいつの間にか消えていた。

「出ようか」

耳元で囁くと、千香は肉棹を吐き出して、恨めしそうに修吾を見た。

修吾は、無言で千香の顔をかき抱き、背中を撫でた。

「出よう」

ローターのスイッチを切って、修吾は席を立つ。千香も腰を浮かして、修吾の後からついてくる。

3

映画館を出て、二人は夜の都心を歩いた。

千香と繋がりたかった。千香も同じ気持ちなのだろう。修吾の左腕にしがみつくようにして、胸を擦りつけてくる。

見知らぬ男に陰部を触られて、何かが壊れてしまったかのように足を開いていた千香の痴態が、脳裏に焼きついて離れない。

家に帰るには時間がかかりすぎる。ラブホテルが手っ取り早いのだろうが、修吾はこの付近のラブホテルには詳しくない。そもそも、ここしばらくラブホテルなど使ったことがない。

どうしようかと周囲を見まわしながら道路を歩いていくと、小さな公園が目に飛び込んできた。

大きな地図には載っていないだろう小さな児童公園で、道に面したところに公衆トイレがある。

（あそこなら……）

修吾は千香の腰に手をまわして、公園に入っていく。

遊具が置かれた小さな公園で、ベンチに一組の若いカップルが腰かけて、抱き合っていた。

千香が二人をちらっと見て、修吾の腕をつかむ指に力を込めた。

修吾は、千香をエスコートして外灯に浮かびあがった公衆トイレに近づいていく。

コンクリートの外壁のシンプルだが清潔そうなトイレは、男子用と女子用に分かれていた。

女子用に入って見つかれば、大騒ぎになる恐れがある。

とっさに判断して、千香とともに男子用のトイレに足を踏み入れる。

人影はない。個室のドアを開けて、千香とともに入る。

こざっぱりした洋式トイレだが、わずかに尿が匂った。

狭い個室で壁を背に千香を立たせた。スカートのなかに手を入れて、股間から垂れている紐を引っ張ると、

「あっ……」

小さな喘ぎとともに、ローターが引っ張り出される。

ピンクの物体は蜜にまみれて妖しく濡れ光っていた。それをハンカチに包んでポケットにしまう。

潤みきった目をした千香を、蓋《ふた》のあがっている便座に座らせた。ズボンを下げて猛りたつものを差し出すと、何も言わずとも千香は肉棹に顔を寄せてくる。

自分でも驚くほどにいきりたつものの先端に、千香は窄めた唇を押しつけて、ちゅっ、ちゅっとキスをする。それから、もう待ちきれないとばかりに唇をひろげて咥え込んでくる。

ぷにっとした唇がすべり、温かい口腔で包み込まれると、下半身のざわめきが一気にひろがった。

千香はこれが欲しかったとばかりに情感を込めて、唇をすべらせ、なかで舌をからませてくる。

さっきも映画館で、フェラチオしてもらった。あのときは、ばれるのではないかという不安があった。それはそれでスリルに満ちていたのだが、やはり、こうして専念できると味わいが違う。

何かに駆り立てられるように唇をスライドさせていた千香が、突然肉棹を吐き出して、つらそうに言った。

「ゴメンなさい。お義父さま、……がしたい。急にしたくなったの」

この段階で言うのだから、よほど切羽詰まっているのだろう。

「したら、いいよ」

「……すみません。出ていただけませんか？」

「どうして？」

「その……見られるのはいやなんです。匂いだって、きっと……」

千香がそのときを想像したように顔をしかめた。

「いや、このままますればいいさ」

「……無理です」

「無理じゃないさ。ほら、してごらん。こちらを気にしなくていいから」

千香はいやいやをするように首を振っていたが、やがて、

「ほんとうにダメ。お願い、出てください」

「出るつもりはないよ」

「お義父さまって意外と……さっき映画館でも、あのへんな男を……」

千香があのときを思い出したように眉をひそめ、それから、恨めしそうに修吾を見あげてくる。

「ゴメン。千香さんを相手にすると、こうなってしまうんだ」

その言葉をどう受け取ったのか、千香は顔を伏せた。

そのうちに、尻がもぞもぞしはじめた。うつむいて、顔をゆるやかに左右に振る。尿意をこらえているのか、下唇を嚙む。

「くぅ……ダメっ、我慢できない。お義父さま、出ていって」

「じゃあ、こうしたら、少しは羞恥心も薄れるだろう」

修吾はいきりたつものを口に寄せて、言った。

「咥えてごらん」

千香はためらっていたが、やがて、唇をひろげて屹立を受け入れた。

「咥えたまま、オシッコをすればいい。できるかい?」

聞くと、千香はややあって目でうなずいた。

前屈みになった千香は、顔を打ち振って肉棹を唇でしごく。

修吾は合わせて腰を振って、棍棒をめり込ませていく。

尿意をこらえ、男の硬直を懸命に頬張る千香が、愛しくてならない。

そして、分身は口のなかでますますギンとしてくる。

ずりゅっ、ずりゅっと唇の間を行き来させていると、千香がそれを吐き出して切羽詰まった目を向ける。

「ダメ……我慢できない……出るの。漏れちゃう」

「いいんだぞ。お漏らしして……さあ、咥えて。おしゃぶりしながら、オシッコをしなさい」

言うと、千香はためらいながらも頬張ってくる。

しごく余裕はもうない。血管が浮き出た肉棹をなかば口におさめたまましばらくじっとしていたが、やがて、チョポッ、チョポッという水音が断続的に聞こえた。

「うぐ……」

千香は唇を〇の字に開きながら、眉をひそめている。

最初は音楽のような清らかな音を奏でていた放水音が、途中から大きく、身も蓋もないものに変わった。

シャーッという放水音がして、尿が水面を打つ音が響き、それを恥じるように千香は顔をしかめる。

だが、言いつけを守って、肉棹を頬張りつづけている。

それまで感じなかったアンモニア臭が洋式トイレから匂い立ち、修吾はそれをいやだとは思わなかった。

(千香さんはたぶん周平にも見せたことがない放尿を自分に見せてくれている。この匂いも他の男は嗅いだことはないだろう)

体の底から得体の知れない歓喜がせりあがってくる。

気づいたときは、腰を振っていた。

放尿させながら、顔を挟みつけてフェラチオさせている自分が、自分でないようだ。

思ったより長くつづいた放尿がようやくやんで、修吾が肉棹を外すと、千香は肩で息をして、ポーッと上気した顔で見あげてくる。

もう我慢できなかった。

千香を立たせて後ろを向かせ、便器に両手をつかせ、腰を後ろに引き寄せた。

そこで初めて小水を流していないことに気づいたのか、千香はハンドルを押して水を流した。

激しい水音を聞きながらスカートをまくりあげると、黒のシースルーのオープンパンティが尻に張りついていた。陰部から尻の中央にかけて船底形に割れて、そこからそぼ濡れた肉の狭間が見えている。

「ああ、いやです……拭いていない」

千香が羞恥に身をよじった。

尻の底で息づく恥肉は油をかけたようにぬるぬるで、おそらく小水の残滓もあるのだろうが、それがわからないほどに全体が潤みきっていた。

修吾は身を屈めて、言った。

「俺がオシッコを舌で拭いてやる」

「やっ……汚いわ」

修吾は舌をいっぱいに出して、ぬめりを拭き清める。

「やっ……」

逃げようとする腰をとらえて、舌を走らせる。

小水が残っていたのか、しょっぱいような濃厚な味がする。潤みを幾度となく

舐めあげると、

「ああ、いやです……あうぅぅぅ」

口ではそう言いながらも、千香は早くとせがむように尻を突き出してくる。

修吾は上体を起こして、屹立に指を添えて割れ目の窪地に押しあてた。

腰を引き寄せながら進めると、切っ先が窮屈なとば口を突破して、一気に奥まで届き、

「はうっ……！」

千香は両手を便座についた姿勢で、顔を撥ねあげる。

「おおぅ」と修吾も唸っていた。

熱いと感じる肉路が、侵入者をもっと内側へと引きずり込もうと、くいっ、くいっとうごめく。

腰をつかみ寄せて打ち込むと、パチン、パチンと肉のぶつかる音がして、

「あっ、あっ、あっ」

千香はうつむいたまま、喘ぎをスタッカートさせる。

自分が声を出していることに気づいたのか、あわてて声を押し殺そうとする。

それでも、修吾が強く腰を叩きつけると、

「うあっ……うっ、あっ、ああん……」

抑えきれない喘ぎを弾ませる。

修吾は突き出された尻肉をぎゅっとつかんで、言った。

「さっき、千香さんは見知らぬ男に触られて感じていたね。いや、その前から見られて感じていた。千香さんは、そうなると感じるんだね」

千香は押し黙っている。

「電車のなかでもそうだ。他人を感じると昂奮してしまうんだね」

千香は答えないが、否定しないところを見ると、自分でも多少それは感じているのかもしれない。

「今も、ここは公園のトイレだから、誰かが来るかもしれない。そんななかで、あれを咥えながらオシッコをした。気持ち良さそうだった……気持ち良かったんだね？」

問い詰めると、ややあって、

「……はい」

と、千香は言った。

「よし、だったらもっと感じさせてやる」

修吾はゆったりと、大きなストロークで肉棹をめり込ませていく。

千香は、洩れそうになる声を必死に押し殺して、「うっ、うっ」と呻く。

前回のビジネスホテルのときもまったりとした肉襞がうごめくようにからみついてきたが、今回はそれ以上に強い緊縮力でもって肉路が締めつけてくる。

しかも、内部はとろとろに蕩けていて、扁桃腺のような粘膜を押しひろげながらえぐりこむ快感は半端ではなかった。

打ち込むたびに、甘い疼きがひろがり、それを助長するように、

「あっ……あっ……ダメっ。もうイク……」

千香がさしせまった声をあげる。

「俺もだ。俺もイキそうだ。千香さん、いや、千香……」

「ああ、お義父さま……ちょうだい。今日はなかに出して」

「よおし、イクぞ。出すぞ」

修吾はコントロール弁を解き放って、遮二無二突いた。

肉路の分身を包み込むような力が強くなって、亀頭冠が奥を突く快感が一気に高まった。

「あんっ、あんっ、あんっ……ぁああうぅぅぅ……お義父さま、ください。千香、

イッちゃう……イク、イク」

「そうら、イケ」

たてつづけに腰をつかい、奥まで打ち込むと、

「ぁあぁ……ダメっ……くる、きます……やぁあぁぁぁぁぁぁ、はうっ」

便座についた腕を伸ばし、千香はのけぞりかえった。

駄目押しの一撃を押し込んだとき、修吾にも至福の瞬間が訪れた。

溜まりに溜まっていた精液が迸るたびに全身に甘やかな陶酔が走り、頭の芯が心地よく痺れる。

苦しいと感じるほどの、苛烈な射精だった。

絞り出して離れると、千香は立っていられなくなったのか、便器を抱くようにしてトイレの床に崩れ落ちた。

第五章　黒下着の女

1

日曜日、三人は仕事が休みで家にいた。周平は二階の自室でパソコンをいじっている。

午後三時、修吾がリビングでひとり掛けのソファに座ってくつろいでいると、千香が淹《い》れたコーヒーを運んできた。ふたつのコーヒーカップをソーサとともにセンターテーブルに置き、自分も三人掛けのソファに腰をおろす。

「ああ、ありがとう。周平はいいのか？」

「周平さんはいいんです。会社でコーヒーを飲み過ぎているらしく、休日はミネラルウォーターしか飲みませんから」

「そうだったね……じゃ、いただくよ」

修吾はコーヒーカップに手を伸ばして、薄めのコーヒーを啜る。

千香もカップの把手《とって》に指をからませ、カップを口に運んで静かに飲む。

真夏である。千香はノースリーブのブラウスを着て、膝上のボックススカートを穿いている。

ほっそりした首すじに波打つ髪が柔らかく垂れかかり、ブラウスの胸はほどよくふくらみ、衣服の上からでもくびれているとわかるウエストから発達した腰が張り出し、スカートからのぞく足は揃えて斜めに流されている。

清楚ななかにも二十八歳の女の色香をたたえて、映画館や公園のトイレでの乱れようが嘘のようだ。

しかも、自分はこの女を毎日のように痴漢している。

そのことがどこか不思議であり、いまだに、体験していることが現実だとは思えないときがある。

だが、これは紛れもない現実なのだ。それを確かめたくなって言う。

「千香さん……」

名前を呼んで、「見せて」と小声で言う。

千香は家のなかの音に耳をそばだて、周平が降りてこないと踏んだのだろう。コーヒーカップを置いて、ゆっくりと足を開いていく。

ストッキング類を一切つけていないすらりとした素足が、三十度くらいまでひろがって、太腿の内側から奥がのぞく。

そこで、千香はぎゅっと太腿を閉じる。

それからまた、開いていく。

足をひろげながら、ちらっと上目遣いにうかがう。

修吾が自分の下半身に視線を落としていることを知って、恥ずかしそうに太腿を閉じる。

今日、千香はパンティをつけていない。下着を穿かないで、夫がいるこの家で日常を送る。そのことが、二人の秘密の愉しみでもあった。

千香はおずおずと足をひろげ、いやっとばかりに足を閉じる。

羞恥心から出た行為なのだろうが、修吾は焦《じ》らされているように感じて、いっそうかきたてられてしまう。

やがて、左右の足が直角に開いて、止まった。

股間に注がれる修吾の視線を感じているのか、千香は顔をそむけながらも足だけを大きく開いて、見せてくれている。

左右にひろがった内腿は長く、付け根が引き攣《つ》っていた。そして、中心には繊毛の翳りとともに、女の割れ目が息づいていた。

午後の陽光が部屋に射し込んでいて、スカートのなかにも光が入り込み、縁取りのある肉びらがめくれあがり、女の証が赤くぬめる内部をのぞかせている。

そして、千香はその極めつきの羞恥に身をよじり、顔をそむけ、唇を噛んでいる。

「指で開いてくれないか？」

求めると、千香はためらいの後に、両手を股間へとおろし、陰唇に指を添えてぐっと開いた。

蘇芳色《すおういろ》の肉びらに挟まれるように、鮭紅色にぬめる内部があからさまな姿を見せる。

蜂蜜を塗りたくったようなそこは花のように複雑に肉襞が入り組み、その下方には小さな孔さえのぞいている。

「ぁああ、お義父さま、許して……周平さんが……」

千香が震える声で訴えてくる。

「周平が降りてくるか？　来たら、足音でわかるさ」

修吾は言葉でなぶる。

「今、千香さんは夫がいる家で、義父に向かっていやらしくあそこをひろげている」

「ぁうぅ……いや、いや、いや……」

激しく首を振って羞恥に咽《むせ》びながらも、千香は恥肉を指で開いたまま昂っているのが、雰囲気でわかる。

「周平がいるから昂奮する。そうだな？」

「違う、そんな女じゃありません」

「じゃあ、なぜ、そんなにさせている？　今、千香さんのあそこはぬるぬるだ。いやらしい蜜を垂れ流している。はっきりと見えるぞ。赤い肉の底にマン汁が溜まって、ソファに滴っている」

「ぁあぁ、いや、いや……」

眉をハの字に折り曲げて、首を左右に振る千香。だが、色白の顔が熱でもあるかのように上気し、額には細かな汗が光っている。

首をなよなよと振る所作が内心の昂奮を表すものであることは、もっと見てとばかりに陰唇を開いている仕種でわかる。

こらえきれなくなって、修吾はズボンを膝までおろした。

周平がリビングに来るときは、廊下を歩く足音でわかる。

ブリーフから転げ出てきたイチモツはすでに頭をもたげている。このところ、ちょっとした刺激で大きくなってしまう。

修吾は分身を右手で握り、見せつけでもするようにゆるやかにしごく。

すると気配を感じたのか、千香がこちらを向いた。

困ったような、しかし、好奇心あふれる視線を、修吾が肉棹を擦るところに注いでいる。やはり、男が自分でイチモツをしごくシーンには興味を惹かれるのだろう。

修吾がいっそう強く擦ると、千香は「いやっ」と声にならない声をあげて、顔をそむけた。

しばらくして、またおずおずと顔をこちらに向けて、右手が肉棹をしごくところに視線を注ぐ。

食い入るように見つめながら、右手で裂唇をさすりはじめる。

左手の指をV字にして狭間をひろげながら、中指を尺取り虫のようにつかって赤い濡れ溝を静かになぞる。

そうしながら、懸命に修吾の手つきを眺めていたが、やがて、快楽に屈したのか目を閉じて、「ぁあぁあぁぁぁ」と顔をのけぞらせる。

修吾は廊下に気を配りながら、近づいていく。

ソファに座る千香の正面に立って、いきりたちをきゅっ、きゅっと音が立つほどにしごきあげる。

千香は自分に向かって突き出された亀頭部を、眉根を寄せて眺めては、甘い吐息をこぼす。

修吾はすでに還暦を越えている。なのに、先走りの液が精液のように滴ることが自分でも信じられない。

千香がいなければ、絶対にこうはならなかっただろう。

「ああ、お義父さま……」

千香が何かを訴えるように、とろんとした瞳を向けてくる。

「どうしたいんだ？　言ってみなさい」

「お義父さまの……お義父さまのそれを……」

「これをどうしたいんだ？」

「……お、お口で……」

何かを振り切るように言って、潤んだ瞳で見あげてくる。

「だけど、周平が来るかもしれないぞ」

「……意地悪、お義父さま、意地悪」

そう言って、千香はかわいくにらみつけてきた。

「足音が聞こえたら、やめればいい。そういうことだな？」

そうです、とばかりに千香がうなずいた。

「指であそこをいじるんだぞ。イクときも、咥えているんだぞ」

「はい……」

そう答える千香の声が弾んでいる。

修吾が猛りたつものを差し出すと、千香はちょっと前傾して顔を寄せてきた。

茜色にテカる亀頭部に、唇を窄めて、ちゅっ、ちゅっとかわいくキスをする。

それから、舌を亀頭冠にからませて、ねっとりと舐めあげてくる。

最初は二階が気になっていた修吾も、情感のこもった舌技で徐々に我を忘れていった。

品良く小さな唇が肉棹にかぶされ、ゆっくりと、だが確実に急所をとらえて行き来する。

どんどんフェラチオが上手くなっていく。あるいは、唇と肉茎が馴染《なじ》んできたのか、最初の頃よりもずっと快感がある。

その間も、細く長い指が恥肉を擦るネチッ、ネチッという音がする。

千香の右手がスカートのなかに忍び込み、ノーパンのそこを触っているのだ。

おそらく、すでに指を挿入しているのだろう。

修吾は目を開けていようと思うのだが、湧きあがる快感についつい目をつむってしまう。

部屋は冷房を効かせているが、カーテンが開け放たれて陽光が射し込んでいるので、暑い。庭の木に止まっているのだろう、油蟬《あぶらぜみ》のうるさいほどの鳴き声がその暑さに拍車をかける。

蟬の鳴き声と唇が肉棹を擦る淫靡な音とともに、「くうぅぅ、ぅううぅぅ」と千香が喘ぎを押し殺す声が混ざる。

息子がいる家で、その目を盗んでその嫁と痴戯にひたる自分を、非道で救いようのない男だと感じる。

だが、ずりゅっ、ずりゅっと大きく激しく唇を往復されると、得も言われぬ快感がうねりあがってきて、今感じている後ろめたさや背徳感が、快感というディナーのスパイスにさえ思えてくる。

「はおお、ひひまふ」

千香が肉棹を咥えたまま、言った。

イキます、と言いたかったのだろう。口腔にペニスが入り込んでいて、呂律《ろれつ》がまわらないのだ。

「いいんだぞ。イッて……そうら」

修吾は千香の顔を両手で挟みつけるようにして、硬直を叩き込んでいく。

唾液にまみれて筋を浮かばせた肉赤色の棍棒が、朱色の慎ましい唇を犯し、千香は眉をひそめて苦しげながらも、どこか陶酔の表情を浮かべている。

「はふ、はふっ……ひひまふ」

千香は呂律のまわらない言葉を吐き、哀切な表情で見あげてくる。

細い眉がハの字に折り曲げられ、泣いているような切迫した表情を浮かべながらも、右手の指はスカートのなかで激しく動いている。

「いいんだぞ、イッて……そうら」

修吾が強く肉棹を口腔に叩き込むと、

「うっ……！」

それを咥えたまま、千香は鋭く呻いた。

「うぐ、うぐ、うぐっ……」

えずきながらも、肉茎を咥えつづけている。

修吾が肉棹を外すと、泡を含んだ唾液の糸がだらっと数本伸びて、肉棹と口の間に唾液の橋を架ける。

口の周りを唾で汚して、修吾を見あげる千香は、この世のものとは思えないほどに美しく、淫らだ。

この女を抱きしめたくなる。一生かわいがってやりたくなる。

「今日はこのままずっとノーパンでいなさい。周平と部屋で一緒のときもこのままだ」

言うと、千香はそれは無理です、とでも言いたげに首を左右に振る。

「いざというときのために、何か言い訳を考えておけばいい。どんな理由がいい？　オシッコを漏らしてしまったとか……ダメだな、それでは。下着などすぐに穿き替えられるしな。そうだ、周平の気を引こうとしてわざとノーパンでいた、というのはどうだ？」

「…………」

無言でうなずいて、千香は修吾を見た。黒目勝ちの瞳は妖しく光っている。

「じゃあ、約束だぞ」

念を押すと、千香は見あげたまま静かに顎を引いた。

唾液にまみれた肉棹をしまおうと、修吾はズボンを引きあげる。

それを見計らったようなタイミングで、廊下から足音が近づいてきた。

修吾は急いでファスナーをあげると、ソファに座って、何気ない顔でコーヒーを啜る。ドアが開いて、周平が入ってきた。

「おっ、コーヒータイムか」

「周平さんも飲まれますか？」

千香が声をかける。その姿は普段と何ら変わることなく、さっきまで義父の肉棹を頬張っていたなど、とても想像できない。

「ああ、俺はいいよ。ジュースか何かあるか？」

「ありますよ。オレンジジュースだけど、いい？」

「持ってきてくれ」

良妻に戻った千香は、席を立って、キッチンに向かう。

周平は今まで千香が座っていたところに腰をおろして、言った。

「父さん、会社のほうはどう？　つづいているところを見ると、大丈夫そうだな」

「ああ……何とかなりそうだ。体はきついけど、建築資材に関しては慣れていると言えば慣れているからな」

ついさっきまで、周平の嫁と痴態を演じていたのに、何事もなかったかのように対応できる自分が怖くもある。

すぐに、千香がオレンジジュースの入ったコップを持ってきて、センターテーブルに置いた。

「千香もコーヒー飲んでたんだろ？　飲んでいけよ、ここに座って」

周平が隣を示した。

うなずいて、千香が周平の隣に腰をおろす。

周平がリモコンでテレビを点けた。五十インチの大画面に、ＢＳデジタルで放映している一昔前の映画が流れた。

「おっ、これ。観たかったんだ」

周平が食い入るようにテレビを見る間に、千香はソーサごとカップを持って引き寄せ、コーヒーを啜る。

それを見ながら、修吾は自分の膝をつかんで開く仕種をした。

足を開きなさい、という合図だ。

千香はかるく首を左右に振ったが、修吾も首を横に振って、やりなさいという意志を伝える。

周平はよほど映画に興味があるのか、テレビに流れる映像に釘付けになっている。

それを見て大丈夫だと判断したのだろう、千香はカップとソーサをテーブルに置き、代わりに大判のカタログを手に取った。

膝から下を周平の視線から遮るようにカタログを膝の上でひろげ、読むふりをして、おずおずと足をひろげていく。

足はこちらに向けられていた。

千香は横目に夫をうかがいながら視線はカタログに落とし、徐々に足を開く。

三十度、四十度、六十度……。

膝の内側がのぞき、さらには太腿が少しずつ見えてきた。

そして、ほぼ直角にまで開いたとき、太腿の奥の変色した部分が目に飛び込んできた。

千香は身体をこわばらせて、カタログに視線をじっと落としている。

この場所を逃げ出したくなるほどの羞恥に襲われていることだろう。千香の顔は上気して、開いた太腿が小刻みに震えている。

伏せていた顔をあげて、救いを求めるように、許しを乞うように修吾を見つめる。

そのとき、周平の声が聞こえた。

「なあ、千香、今度映画を観に行こうか」

「えっ……？」

千香はあわてて足を閉じて、周平を見た。

「なんだか、ぼーっとしてるな。疲れが出てるのか？」

「いえ、カタログに夢中になっていたから」

「……ひさしぶりに映画に行こうかって、誘ったんだ」

「映画ですか？」

千香はちらっと修吾をうかがう。修吾がうなずくと、

「いいですよ。もちろん」

「そうか……で、何がいい？」

「何でもいいですよ。周平さんと一緒なら」

「わかった。調べておくけど、千香も観たい映画があれば、調べておいて」

「わかったわ」

千香はカタログを戻し、残っていたコーヒーを飲み干して、キッチンに向かった。

2

「こんなことをしていたら、いつか天罰がくだるような気がします」

と、かつて千香が表情を曇らせたことがあった。

そのときはまさか、と思っていたが、数週間後、実際に天罰がくだったのだ。思いも寄らない形で。

その夜、修吾が廊下をリビングに向かって歩いていくと、リビングから周平の怒鳴り声が耳に飛び込んできた。

ハッとして立ち止まった。

「お前、朝の電車でいつも同じ男に痴漢されてるそうだな」

周平の声が聞こえて、一気に冷や汗が噴き出してくる。

「違います。どうしてそんなことを？　人違いじゃないの」

千香の上擦った声が聞こえる。

「いや、人違いじゃない。前田《まえだ》部長、知ってるだろう？　会社のパーティで何度も会ってる」

「ええ……」

「部長に今日、こっそり忠告されたんだよ。きみの奥さん、毎日のように同じ男に痴漢されてるって」

「そんなことはありません。きっと何かの間違いよ。人違いなさっているんだわ」

「いや、間違いじゃない。部長も同じ急行で通勤するんだ。何時の電車で、どこからその女が乗ってくるかも聞いた。千香とまったく同じだった」

千香が絶句するのがわかった。

「確認のために見せてくれと言われて、千香の写真を見せたよ。俺と一緒に写っているやつ……間違いないって言われたよ。奥さんに注意したほうがいいんじゃないかって……最後には、奥さん、痴漢されて抵抗してるように見えない——ひょっとして感じてるんじゃないかって、いやな笑い方をされたよ」

聞いている修吾のほうが、ぞっとしてきた。

「同じ男に痴漢されてるらしいな。誰なんだよ？　随分と年寄りだって言ってたぞ。お前、そんな年寄りに触られてんのかよ！」

周平の怒声が鼓膜を震わせる。

（自分のことだ……）

とっさに頭を巡らせる。

部長は修吾の顔を知らない。実際に見たことも、おそらく写真で見たこともないだろう。そして、千香と同じ電車で通勤していることは周平には言っていないから、周平は父が……とは思わないだろう。

だが、何かの形で真実が判明したら、と思うと心臓が縮みあがった。

「どういうことだよ？　本当に痴漢されてんのか？　で、感じてるのか？　だとしたらお前は俺じゃあ満足できないのか？　俺のセックスじゃダメなのか？」

周平の突っかかるような声がして、

「わたしは知りません。ほんとうよ、わたしじゃないの。信じて」

千香はシラを切りつづける。

(そうだ、それでいい……認めてはダメだ)

だが、周平の振りかざした刃《やいば》をおさめさせないと、この状態がつづいたら、千香も押し切られて認めかねない。

修吾はいったん戻って、意識的に足音を立てて近づいていく。

リビングのドアを開けると、二人はすでに言い争いをやめていて、千香は修吾の姿を認めて、キッチンに向かう。

「何かあったのか?」

修吾が聞くと、

「いや、何もないよ」

そう答えて、周平はテレビを点ける。だが、動揺していることは隠せない様子で、表情がこわばっている。

修吾はひとり掛けのソファに腰をおろし、視線をテレビに向ける。テレビの内容など頭には入らない。頭にあるのは、さっき聞いた話だけだ。

朝の痴漢を息子の会社の人間に見られていた——。

自分の行為を第三者に知られて、自分のしていることがいかに非道なことであるかを喉元《のどもと》に突きつけられたような気がしていた。

(そろそろやめたほうがいいのかもしれない……神様がもうやめろと言っているんだ)

修吾は目を閉じて、天井を仰いだ。

それから、目を開けて千香を見る。オープンキッチンで、千香は表情を曇らせて夕食の準備をはじめるところだった。


翌日、修吾と千香は会社が休みだった。

周平が出勤した後で、修吾はリビングに千香を呼んだ。

千香は昨日からふさぎ込んでいた。修吾があの話を聞いたことを知らないはずだから、ひとりで悩みを抱え込んでいるのだろう。

「そこに座って……」

修吾は三人掛けのソファに座って、隣を指す。

千香も何かの気配を感じているのだろう、不安そうに腰をおろした。

「……じつは、昨日、あなたと周平が話しているのを聞いてしまったんだ。朝の電車のことを……」

切り出すと、千香は「えっ？」と目を見開いた。

「会社の上司に、二人のことを見られていたらしいね」

「お聞きになったんですね」

「ああ、聞こえてしまって」

「そうですか」

千香はうつむいて、ぎゅっと唇を噛んだ。

「……でも、お義父さまだとはわかっていないみたいだから」

「ああ、そうらしいね。それだけは救いだった。だけど……」

「だけど……？」

「このままつづけていたら、いずればれてしまうときが来る」

「……そうかもしれません」

修吾はひとつ息を吸って、昨夜から考えていたことを口にした。

「やめたほうがいいかもしれないな」

「……」

否定しないところを見ると、千香も同じことを考えていたのだろう。

「二人のことを周平が知ったら、大変なことになる……周平は当然これから、千香さんの通勤のことに注意するだろうし……あれから、何か言われた？」

「いえ……でも、周平さんはベッドでもそっぽを向いてしまって」

「そうか……」

自分の妻が痴漢を甘んじて受けていて、それを上司に目撃され指摘されたとなれば、そうなるのも無理はない。

「やはり、もうやめよう。夢のような一時《ひととき》だった。だけど、神様がもうやめなさいって言っているんだ」

千香は一言も発しないで、じっと一点を見つめている。

「明日からは、時間をずらして電車に乗ろう。いいね？」

問うと、千香はためらいながらも小さくうなずいた。

一番苦しい立場に置かれているのは千香だから、こうせざるを得ないだろう。

「お義父さま……わたし……」

千香がじっと見つめてくる。

胸にせまるものがあって、修吾は思わず千香を抱きしめていた。

千香も身体をゆだねて、背中にまわした腕に力を込める。

「素晴らしい時間だった。こんな幸せな時はきっともう来ない」

「わたしも同じです。幸せでした」

修吾はしばらくそのまま千香の息づかいを感じていたが、自分から身体を離した。

千香が立ちあがって、よろけながらリビングを出ていく。

3

翌日から、ひとりでの通勤がはじまった。

これまでは、隣に千香がいた。千香の潤みきった体内を指で感じることが幸せだった。

だが、今はひとりだ。満員電車のなかでの孤独――。

乗客はみんなそれぞれの孤独を紛らわそうと、ケータイを見たり、新聞や文庫本を読む。

会社員生活で何十年も体験してきたはずだった。しかし、千香を相手にする痴漢の快楽を知ってしまったがゆえに、ひとりで満員電車に乗っていることを、ひどく寂しく感じてしまう。

その朝も、修吾は駅売りで買ったスポーツ新聞を小さくして読みながら、朝の通勤ラッシュの真っ只中にいた。

この鮨詰状態では、どうしても女の人と身体を接してしまうこともある。

今も、目の前の女の尻が時々股間に触れる。

上半身は華奢《きゃしゃ》だが腰が張ったその後ろ姿に、ズボンのなかのものが頭をもたげそうになる。それを必死にこらえていると、背中に柔らかな胸のふくらみを感じた。

最初は偶然だろうと思っていた。

だが、明らかに乳房だとわかるふくらみがぐいぐいと押しつけられ、耳元に女の温かい吐息を感じる。

(おかしいな……)

次の瞬間、女の手が後ろから股間にすべり込んできた。

エッと思って振り向くと、あの女だった。

以前に痴漢を愉しみ、路地で本番までしてしまったあの女が、きりっとした美貌を向けて、口尻をかるく引きあげた。

その蠱惑的《こわくてき》な笑みで、修吾はすべてを理解した。

偶然の再会を果たして、女はまたあの痴漢プレイを愉しみたいのだろう。

女のしなやかな指が蟻《あり》の門渡《とわた》りから袋にかけての縫目を、ズボン越しになぞりはじめた。

ただ撫でるだけではなく、指を立てて、敏感な縫目を叩くようなこともする。

その手がぐっと差し込まれ、玉袋まで届いた。

（あっ……）

洩れそうになった声を、修吾はかろうじて呑み込んだ。

袋の付け根を揉み込まれ、二つの睾丸を包み込まれると、分身がギンと力を漲らせる。

耳たぶの裏に温かい息がかかり、ねろりと舐められた。

首をすくめながらも、ゾクッとした戦慄で震えが走る。

ネチャネチャと耳を舐める音がする。いつの間にか前にまわり込んだ手指がズボンの上から股間のものをさすっている。

女は執拗《しつよう》に耳をしゃぶりながら、ズボンのファスナーに手をかけた。度肝を抜かれているうちにも、ファスナーがおろされていく。

開口部から右手が差し込まれ、ブリーフ越しにいきりたちを撫でさすってくる。布地一枚隔てた愛撫はじかに触れられていないぶんもどかしく、それが快感を高めた。次の瞬間、ひやっとしたものを肉茎に感じた。

（おおぅぅ……！）

女がクロッチから手をすべり込ませて、硬直をじかに握ってきたのだ。耳たぶを舐められ、熱い息を吹きかけられ、肉棹をゆるやかにしごかれる。甘い疼きがひろがったそのとき、

「次で降りましょ」

耳元で女の声がした。

路地での記憶がよみがえってきて、全身が甘い期待感に満たされる。しばらくして、急行が速度を落とした。すでに一駅で停車していたから二駅目だ。

女が勃起から手を離して、ファスナーをあげてくれる。

電車が停まってドアが開き、修吾は女に手を引かれるようにして、ホームに降り立った。

「来て」

女は修吾の手を取って、ホームを改札に向かって歩く。この前と同じ駅だ。ということは、先日と同じように路地で……？

改札を潜り、向かったのは前回とは反対の出口だった。しばらく歩くと、いくつものラブホテルが並んでいた。

路地に入ったところで、女が耳元で囁いた。

「今朝は時間の余裕があるから、ホテルで」

そうか、ラブホテルでするのか……。

かつて、千香とビジネスホテルで一戦を交えた。だが、ラブホテルには久しく行っていない。

期待と不安を胸に五階建てのラブホテルの門を潜る。エントランスにある空き部屋の表示パネルから女が部屋を選んだ。

すりガラス越しのフロントで、修吾を制して女が料金を払う。

一万円にも満たない金額だが、ためらいなく出したところを見ると、やはり相当懐は温かいのだろう。着ているものもブランドもののスタイリッシュなスーツだ。

エレベーターで五階まであがり、部屋に入る。修吾の知っているラブホテルとはだいぶ違った。天井に鏡が貼られ、バスルームはガラス張りで、大画面のテレビとカラオケセットまである。

「会社に、遅れることを連絡するから」

そう言って、修吾はケータイで会社に電話を入れた。

その間にも、女はスーツを脱ぎ、ハンガーにかけてクロゼットにしまう。

修吾が電話を終えると、声をかけてきた。

「岡村さんって、おっしゃるのね」

「えっ、ああ……」

さっき会社に電話をするとき名乗ったから、名前を覚えられたのだろう。

「あなたの名前を知ってしまったんだから、わたしも名乗るわね。朱美《あけみ》よ……三十三歳でインテリアデザイナーをしているわ」

ああ、なるほどと思った。どうりで服装のセンスがいいわけだ。

だが不思議なのは、先日はお互いのことを知る必要などない、と言っていたのに、名乗ったことだ。二度目だから、心境の変化があったとしか思えない。

「岡村さん、脱いで……あまり遅れるとまずいでしょ」

「あ、ああ……そうだった」

修吾は急いで服を脱ぐ。出勤前にセックスなどしていいのか、というとまどいはあるものの、千香と切れた今、体の底には欲望の塊が横たわっていた。

その間に朱美も下着姿になる。黒地に花柄の刺しゅうの入った下着をつけ、さらさらのストレートヘアを顔の側面に垂らした女は、プロポーションも非の打ちようがなく、圧倒されてしまう。

修吾がブリーフ姿になると、朱美がソファを指さした。

「そこに座って」

言われるままにソファに腰をおろした。朱美は前にしゃがんで胸板にキスをする。

ちゅっ、ちゅっと唇を押しつけ、乳首を口に含んで舌を這わせる。

信じられなかった。こんな華やかな美人が、自分のような男の乳首を舐めてくれている。

そんな気持ちが伝わったのか、朱美が顔をあげて言った。

「男に飢えているわけじゃないのよ。声をかければ、尻尾《しっぽ》を振ってついてくる男は掃いて捨てるほどいるの。ベッドのなかでは、腰を振って懸命に尽くしてくれる。でも、それでは満たされないのよ……電車でどこの誰ともわからない男の不潔な指で犯されると、訳がわからなくなって、イッてしまうの」

告白しながら、朱美は肉棹を握ってしごいている。

「自分でもよくわからない。でも、こうしている自分がほんとうの姿なんだって思えてくる」

見あげて言って、朱美は顔を伏せ、いきりたつものに唇をかぶせた。

赤いルージュののった唇が切っ先から根元まですべり動き、獣が獲物の肉を食いちぎるようにS字に揺さぶってくる。

うねりあがる快美感に唸っていると、朱美は肉棹をちゅぽっと吐き出して、濡れた瞳で見あげてくる。

「ねえ、これを入れて……電車のなかから、ずっと我慢してきたの」

媚《こび》を含んだ目で言って、自分でブラジャーを外し、パンティを脱いで足先から抜き取っていく。

それから、ソファに両手をついて、腰を後ろにせりだし、

「ねえ、早く……」

ハート形に張り出したヒップをくねらせる。

修吾もぎりぎりまで昂っていた。千香と関係を絶ってから、下半身が疼いてた

まらないときがある。きっと、身も心もおかしくなってしまったのだ。

唾液にまみれていきりたつものを尻たぶの底に押しつけ、少しずつ腰を進めると、それが熱い坩堝に嵌まり込み、

「くっ……！」

朱美がソファをつかんで、顔を撥ねあげた。

まったりと包み込んでくる肉襞が、分身をもっと奥へと引き込もうとする。

修吾は奥歯をくいしばって、押し寄せる快美感を耐えながら、腰をつかった。

ふくらんだ内部の粘膜を分身が擦りあげていく快感がひろがり、それがまた腰の動きを激しくさせる。

もう六十歳を過ぎているのに、自分でもこれだけ元気であることが信じられない。千香との痴戯で体が若返ったのかもしれない。

ソファの背もたれに手をかけた朱美は、突くたびに乳房を波打たせ、

「あんっ、あんっ、あんっ……」

と、室内に響きわたるような喘ぎ声をあげる。

溜め込んでいた欲望が一気に爆発している感じだった。

修吾がいったん打ち込みを中断すると、朱美が言った。

「ねえ、このまま床を這いたいの」

朱美のようなキャリアレディとその行為が釣り合わない気がしたが、修吾は、その落差に強烈に惹かれるものを覚えた。

腰をつかみ寄せ、方向転換して、繋がったまま押していく。

朱美は両手両足を伸ばした格好で、一歩、また一歩と押されるままに前に進んでいく。

大きな尻を高々と持ちあげ、開いた足をちょっと内股《うちまた》にして、すべすべの背中を見せて、生まれたてのバンビのようによちよち歩きをする。

その姿に男のなかに潜む女の上に立ちたいという欲望が満たされるのを感じながら、少しずつ押していく。

朱美は自分で進路を取って部屋をぐるっとまわり、入口のほうに近づくと、ドアの前で言った。

「ねえ、ここを開けて。廊下に出たいの」

唖然《あぜん》とした。廊下に出るということは他人に見られる可能性があるということだ。

「……いや、まずいよ」

「平気、すぐに戻れば……ラブホテルだもの」

朱美は事もなげに言う。おそらく、これまでにも同じような経験があるのだろう。

「お願い」

二度も関係を持った女に懇願されれば、ノーとは言えなかった。それに、たとえ見つかっても顔を隠せばいい。自分が何者か特定されなければいいのだ。

内鍵をまわしてドアを開ける。このホテルはオートロックにはなっていないようだから、閉め出されることはないはずだ。

部屋から出てドアを閉める。

廊下には絨毯《じゅうたん》が敷きつめられ、廊下を挟んで幾つかの部屋のドアがある。

幸いにして、人影はない。まだ朝だ。会うとすれば、泊まりの客が出てくるときだろう。

「エレベーターまで行きたいわ」

朱美が四つん這いで言う。エレベーターまでは十メートルほどだ。

もし見つかったら、と内心恐々としつつもどこか胸躍らせて、後ろから繋がったまま朱美を押していく。

わずかな距離だが、朱美は這っているのでそう速くは歩けない。のろのろと進む亀のような歩みがもどかしい。

腰を引き寄せ接合が外れないようにしながら下を見ると、白々とした左右の尻たぶがもこもこと動き、その狭間に肉の棍棒が突き刺さっている。それを廊下という公共の場で見ているのが不思議でならない。

見つかったら、という不安感とともに、自分は普段は出来ないことを体験しているのだ、という妙な昂揚感がある。

エレベーターにようやく到着した。

すると、朱美は自分から接合を外して、エレベーターの前の壁に修吾を立たせて、しゃがんだ。

自らの淫蜜にまみれたものを厭《いと》うこともせずに頬張り、ずりゅっ、ずりゅっと唇でしごいてくる。

「おい、まずいよ、ここでは」

修吾はあわてて周囲を見る。エレベーターがあがってきて、客が降りてきたらと思うと気が気でない。

全裸の美人が見事な裸身を惜しげもなくさらして、分身にしゃぶりついている。

皺袋をあやされて、大きく激しく肉棹をしごかれ、吸茎されると、周りへの注意がおろそかになっていく。

そのとき、エレベーターが開く気配がした。

あっと思ったときは五階で停まったエレベーターから、若い男女が出てきた。大学生くらいだろうか。

二人を見て、ぎょっとしたように目を丸くする。ミニスカートでメガネをかけた女の子は、「やっ」と悲鳴をあげて、男の胸に顔を埋める。

修吾はとっさに顔を伏せ、両手で顔を隠した。

朱美は事態がわかっているはずだが、肉棹を頬張りつづけている。きっとこうしていれば、面が割れることはないと思っているのだろう。

イケメンのいかにも女にもてそうな男は、女の肩を抱き寄せ、

「露出狂だね――」

強烈な一言を残して、女の子の手を取って、自分たちの部屋に入っていく。

そこでようやく朱美は肉棹を吐き出して、立ちあがった。

「ここを……」

太腿の奥に、修吾の手を導く。そこは、陰唇の形さえ不明瞭なほどにとろとろ

だった。

「今のでまた濡れたわ……思い切り、突いてほしい。部屋に戻りましょ」

朱美は先に立ち、弦楽器の胴体のようにくびれた腰を振りながら廊下を歩いていく。

4

部屋に戻り、請われるままに朱美の両手を、バスローブの腰紐を使って前でくくった。

露出癖、マゾ性……様々な要素がこの女のなかでは渦巻いているのだろう。仕事ができて、美人で申し分がない。男にも不自由しない。なのに、体内には傾いた性を棲まわせている――。

どこか千香に似ていると思った。

この人とつきあえないだろうか？　だがそういう関係になったら、きっと逃げていくだろう。たまに逢うからいいのだ。自分でもそう言っていたではないか。

キングサイズのベッドに朱美は自ら仰向けになった。

天井、スタンドと様々な光源からの柔らかな照明が、スレンダーだが出るべきところは出た裸身を立体的に浮かびあがらせている。

エステに精を出しているのだろう、肌はきめ細かくすべすべで、触っていてもひとつも引っ掛かるところがない。

「ああ、早くちょうだい。朱美を貫いて。串刺しにして」

目尻のすっと切れあがった妖しい目を向ける。

ひとつにくくられた手はすでに頭上にあげられて、つるつるの腋《わき》があらわになっていた。

朱美は自ら両膝をあげて開き、修吾を目で招く。

誘われるように身を寄せた修吾は、猛りたつもので薔薇色のとば口を一気に貫いた。

「くうぅぅぅ……！」

尖った顎がせりあがり、乳房が突き出される。

滾った女の坩堝を感じながら、修吾は上体を立て、朱美の膝を押さえつけるようにして腰を叩きつける。

いきりたちが温かいぬめりを押し開き、釣鐘形の豊かな乳房がぶるん、ぶるん

と揺れて、

「うっ……あっ……あうぅぅぅぅ」

朱美は華やかな声をあげて、顔をのけぞらせる。

そのとき、朱美が上を見ているのに気づいた。

ベッドの上の天井には、大きな鏡が貼られていて、そこに映った自分の姿を、朱美は食い入るように見ているのだ。

修吾のこれまでの経験では、ほとんどの女はセックスしながら鏡を見ることをひどく恥ずかしがる。だが、朱美は違った。

鏡に映った自分を何かにとり憑《つ》かれたように眺めている。

修吾が乳房をつかむと、形のいい乳房が無残なまでにゆがみ、

「ぁああ、いやよ……あんなになって」

朱美は、鏡に映った自分の乳房を見て、可哀相という顔をする。

赤い乳首をつまんで、きゅっと引っ張ってやった。

「くうぅぅぅ……」

痛みに顔を曇らせながらも、朱美は陶酔した表情で鏡を見ている。

修吾は、色づく乳首をいじめながら腰をつかった。

いったん離して、両手で膝を開かせ、強く打ち込んだ。

「ぁああ、あなたのが入っているのが見える。あんなにズブズブ……たまらない。たまらないの……ああ、もっと、もっといじめて」

ひとつにくくられた両腕を頭上に伸ばして訴える朱美は、これまでの凛々《りり》しさをどこかに置き忘れてきたようで、まるで別人だった。

(千香もそうだ。やはり女はセックスになると変わるものなんだな)

修吾はすらりとした脚線美を誇る足を片方持ちあげて、肩にかけた。大きく足を開かせた姿勢で、強く打ち込んでいく。

「あうぅぅ……突き刺さってくる。お臍《へそ》まで届いてる」

眉根を寄せて逼迫した表情をしながらも、朱美は刺し貫かれている自分を哀れむような目を、天井にいるもうひとりの自分に向ける。

ぼぅーっと霞《かすみ》がかかったような瞳が、修吾をどこか危ないところへ連れていこうとする。

気持ちをぶつけるように片足を担いでぐいぐいと腰を打ち据え、乳房を揉みしだいた。

しっとりと湿った柔らかな乳肌が指に吸いつき、揉むたびにたわわな乳房が無惨に形を変える。

「ああ、いい……いい……もっと、もっと強く」

乳房をねじり、頂上の乳首を変形するほどに押しつぶすと、

「こうか？」

「ぁあぁぁぁ……くうぅぅ」

朱美はひとつになった手で頭上の枕をつかみ、顎をぎりぎりまでのけぞらして、仄白い喉元をさらす。

歓喜に咽ぶ姿を見て、修吾ももっと悦ばせようと乳首をひねりあげ、いっそう強く腰を叩きつける。

鉄芯のように熱く硬くなった分身が、滾った肉壺に深々と嵌まり込んで、切っ先が子宮口を突くのがわかる。

たてつづけに打ち込むと、女体がビクン、ビクンと痙攣をはじめた。

色白の肌をところどころ朱を散らしたように染めて、朱美は泣いていた。よがり泣きながらも、身体は反応しつづけて、震えがどんどん大きくなっていく。

目は見開かれていた。

だが、天井の鏡に映った自分が見えているのかいないのか、すでに焦点を失った

ようなぼーっとした視線が宙に彷徨っている。

それを見て、修吾も急激に高まった。

「おおぅ、おおぅぅぅ」

唸りながら、開いた股間めがけて、腰を叩きつける。黒々とした繁みの底に猛りたつものが吸い込まれ、

「あっ……あっ……いい。くるわ、くる……」

朱美が思い出したように言って、見あげてくる。

「そうら……」

反動をつけた一撃を連続して叩き込むと、朱美の顎があがりっぱなしになった。

「イクぅ、イクぅ……」

深く嵌まり込んだカリを奥の粘膜が包み込んできて、修吾も追いつめられる。

「イクぞ。イクぞ」

「ちょうだい……今よ」

「そうら」

息を詰めて肉の杵《きね》を打ちおろすと、

「イクぅ……やぁあぁぁぁぁぁぁぁぁ、くっ！」

頭から抜けるような声を噴きこぼして、朱美はのけぞりかえった。

もう一太刀浴びせたところで、修吾もしぶかせていた。

精液が噴き出ていく快感が尻から全身へと波及して、蕩けるような気持ち良さに身を任せる。

夢のような時間が過ぎて、修吾は接合を外し、ベッドにごろんと横になる。

ハアハアハア……と荒い息づかいがちっともおさまらない。

隣で、朱美が上体を起こすのが見えた。

「すごく気持ち良かったわ」

身を寄せて、修吾の額にキスをする。

「わたしはもう出るけど、あなたはどうするの？」

「ああ、出るよ」

「そう……」

二人はベッドを降り、シャワーを浴びる間もなく、下着をつけて服を着る。

身繕いを整えて、化粧を直した朱美は、さっきまでと何ら変わりがない、きりっとして華やかなキャリアレディだ。

部屋を出る前に、修吾はダメもとで聞いた。

「これからも、逢えないだろうか?」

「日時を決めて逢うことはしたくないの。そういうのって、つまらないでしょ」

「……………」

「運が良ければまた逢える。それが一番……出ましょうか」

朱美はドアを開けて、廊下に出る。

修吾もその後につづく。

(さっき、この廊下で繋がっていたのだ)

修吾は火の出るような恥ずかしさを感じながら、朱美の後をエレベーターに向かって歩いた。

第六章　満員電車

1

一カ月後の夜、三人で夕餉《ゆうげ》の団欒《だんらん》を囲んでいるとき、周平が言った。

「父さん、急だけど、俺、沖縄《おきなわ》支社に転勤することになったから」

「えっ……？」

箸を止めて、周平の顔をまじまじと見てしまった。

「社のほうで、沖縄の梃入《てこい》れをすることになって、俺に白羽の矢が立ったんだ。悪い話じゃないから。帰ってきたら多分、昇進できる……で、何年いるかわからないし、千香も連れていきたいんだ。ただそうなると、父さんはひとりになっちゃうだろ？　そのへんがどうかって思って……」

周平がさぐるような目を向けてくる。

修吾と千香の関係を知らないはずだから、二人を引き離そうとしてのことでないことは確かだ。

周平が転勤するのは仕方がない。だが、千香を連れていかれるのは……。

そして、自分がひとりこの家に残されることの孤独感が一瞬脳裏をよぎった。

ちらっとうかがうと、千香は「ゴメンなさい」という顔を向けている。

「やっぱり、つらいよね」

周平の心配そうな顔が、修吾の気持ちを決めさせた。父親が息子に同情されたら終わりだ。

「……いや、大丈夫だ。それに、仕事を邪魔してはいけない。仕事なんだから、仕方ない。俺もまだ六十歳を過ぎたところだ。身の回りの世話くらい自分でできるさ」

「ありがとう。助かるよ、そう言ってもらえると……。父さんのことだけが心配だったんだ」

「沖縄は最高じゃないか。気候がいいし、きれいな海がある。食べ物も美味《うま》い」

「ああ、父さんもたまに来ればいいよ。来て、しばらく滞在していけばいい。なあ、千香」

「ええ、そうなさってください」

千香がこちらを見て、にっこりと笑った。

その笑みが千香が無理やり作ったものであることに、おそらく周平は気づいていないだろう。

周平は父親に承諾を得たことで肩の荷がおりたのか、夕食の間機嫌がよかった。

話を合わせながらも、修吾はこの現実をなかなか受け止め切れないでいた。


翌日、会社から帰宅した修吾がリビングでテレビのニュースを見ていると、夕食の準備を終えた千香がやってきた。

正面の三人掛けソファに座って、言った。

「すみません。周平さんの転勤のこと、ご相談したかったんですが……」

「いや、いいさ。周平だって、自分の口で伝えたかったのさ」

「……周平さん、自分から手を挙げたようなんです」

「えっ、自分から？」

「ええ……沖縄に誰かをやらなくちゃいけなかったらしいんですが、周平さんが立候補したようです」

なぜ、そんなことを？　修吾は言葉を失った。

「どうしてってお思いになるでしょ。周平さんはこう言っていました。『沖縄は満員電車がないから。そもそも電車自体がないものな』って……」

千香が切れ長の目を向けて、顔を伏せた。

（そうか、そういうことか……）

周平は、千香が満員電車に乗って痴漢されることをずっと気にしていて、電車がないところなら安心できる――そう考えたのだろう。

二人の間にしばらく沈黙が落ちた。

「お義父さまをひとりにすることが、ほんとうは心配なんです。ううん、心配とかじゃなくて……」

その言葉で、千香の自分への愛情を感じて、胸が熱くなった。

「妻が夫についていくのが自然だよ。行ったら、いいさ。千香さんも」

そう言うのが精一杯だった。

「……お義父さま、わたし……」

千香の目にすがりつくような思いを感じて、修吾はドキッとする。

修吾も黒い瞳の海に溺《おぼ》れたかった。また、あの夢のような時間を持ちたかった。

だが、それはしてはならないことだという認識はある。

「で……いつ発《た》つんだ。沖縄には？」

そう言って、千香の思いを逸《そ》らしていた。

「それが、思ったより早くて……十日後には」

「そうか……早いな」

十日後には、千香も周平もこの家を出てしまう。そして、自分はこの広い家にひとり残される。

現実が押し寄せてきて、修吾は思わず吐息をついていた。

その気持ちが伝わったのだろう、

「ゴメンなさい」

千香は一言を残し、うつむきながらリビングを出ていった。

2

（ご馳走《ちそう》を前にして、お預けを食っているような状態より、むしろ、千香さんがいなくなったほうが気持ちがすっきりするじゃないか……あれは、夢だったんだ。神様が俺にくれた、人生最後の素晴らしい夢だったんだ）

そう自分に言い聞かせて、修吾は日々を過ごした。

そして、昨日、周平がひと足先に沖縄に発った。

明日は千香もその後を追って、沖縄に向かうことになる。

その夜、二人で夕食を摂った。

しばらくは、千香の手料理を口にできないのだと思うと、胸が詰まって食欲が湧かなかった。だが、残せば、千香に申し訳ない。

千香もおそらく、悲しみを背負っているのだろうが、表には出さないで、たんたんと食事を摂る。

二人だけの静かな夕食を終え、修吾はしばらく休んでから風呂に入った。

風呂から出ても、自室には戻る気がせず、リビングで休んでいると、風呂からあがった千香がやってきた。水色のネグリジェを着ていた。

リビングにいる修吾をちらっと見て、キッチンで水を飲み、

「そちらに行っていいですか？」

聞いてくる。

修吾がうなずくと、リビングに来て、三人掛けのソファに腰をおろした。

洗って乾かしたさらさらの黒髪が肩に枝垂れ落ち、ネグリジェの胸はこんもりとした盛りあがりを見せ、ふくらみの頂上にぽっちりとした突起が浮き出ていた。揃えて斜めに流された素足が悩ましい。

湯上がりの妖艶《ようえん》な姿に、修吾のなかに必死に封じ込めておいたものが頭をもたげてくる。それを抑えて、言った。

「明日はもう発つんだね」

「ええ……」

千香が目を伏せた。

これでしばらくは逢えないのだと思うと、千香に触れたくなった。

「そちらに行っていいか?」

「はい……」

こちらを見る目に、一瞬の輝きを感じて、千香も自分を求めているのだと思った。

ソファの隣に腰をおろすと、湯上がりの女のいい匂いがふんわりとただよってくる。男の欲望がせりあがってきた。

（もう、しないと決めたではないか）

だが、抑えられなかった。おずおずと右手を肩にまわすと、千香はそれを待っていたように頭を預けてきた。

洗い髪の匂いが強くなり、修吾は甘く爽やかなリンスの芳香を吸い込んだ。頭のなかが痺れて、蜜月時代の甘い記憶がよみがえってくる。

肩をつかむ手に力を込めて引き寄せる。

「……ずっと我慢してきました。でも、もう……」

千香が胸にしがみついてきた。髪の匂いが強くなり、さらさらの髪を顎の下に感じた。

「俺もだ、俺も我慢してきた」

熱いものが全身を満たして、修吾は千香を力の限り抱きしめた。

柔らかな肢体が腕のなかでしなり、おそらくノーブラだろう乳房の弾力をネグリジェ越しに感じる。

顔を両手で挟みつけるようにして、キスをする。

初めてのキスだった。これまでは、周平の嫁だからという遠慮があった。

ぽっちりとした唇は小さくて、修吾の唇が簡単に全体を覆ってしまう。修吾は上唇を丁寧に吸い、次に下唇を含む。

千香の喘ぐような息づかいが激しさを増して、股間のものがパジャマを突きあげはじめる。

角度を変えて唇をついばみ、舌を押し込むと、なめらかな女の舌がおずおずと伸びてきた。

お互いの思いをぶつけるように舌をからみあわせ、吸いあった。

体内を満たすものに身を任せて、修吾は右手を下半身におろし、ネグリジェの裾から太腿の奥へとすべり込ませる。

すべすべのパンティの感触があり、太腿の狭間に指を添えると、湿りけを感じた。基底部をなぞると、柔らかな肉層がぐにゃりと沈み込み、

「ぁあああぁっ……」

千香は口を離して喘いで、また、唇を強く押しつけてくる。

欲望の炎が一気に燃え盛った。

修吾は唇を重ねながら、布地越しに柔肉をさすった。指で上下になぞり、全体を手のひらで覆う。鷲づかみして、また繊細なタッチで撫でさする。

パンティが蜜をにじませ、内部の潤みがわかるほどにぬらついてくる。

修吾はいったん離れて、ソファの前に屈んだ。

「足をあげてくれないか？」

言うと、おずおずと右足がソファにあがり、ネグリジェがまくれあがって、左右の長い足と太腿の内側が見える。

そして、薄いブルーのパンティの基底部が肉唇に吸いつき、変色して、そのふくらみと真ん中の縦長の窪みをくっきりと浮かびあがらせる。

「ああ、お義父さま、見ないで……恥ずかしいわ」

千香がいっそう顔をそむけた。横に伸びた内腿がぷるぷる震えている。パンティを食い込ませた基底部が船底形にシミをにじませている。

修吾がパンティの基底部を横にどけると、陰唇がぬっと現れた。

肉赤色の周囲に包まれた、薄い肉びらが波打ちながらひろがって、内部の複雑な潤みと下側のとば口をのぞかせている。

「ほうら、もう、こんなに濡らして」

指腹でなぞると、ぬるっとした滴りがまとわりつき、肉びらが震え、内腿が引き攣《つ》った。

「どんどん濡れてくる」

「ああ、言わないでください……わたし、お義父さまとのことが忘れられなくて、だから……」

千香が唇をきゅっと噛んだ。

（そうか、そんなにも俺のことを……）

修吾は中指を立てて、女の内部へと押し込んだ。潤みきった肉路が指にからみつき、蕩けた粘膜をかき混ぜると、

「あっ……ああん、んんんっ……」

悩ましい声とともに、膣肉がきゅっ、きゅっと指を締めつけてくる。

「ああ、お義父さま……お義父さま」

千香は修吾の顔をかき抱き、胸に押しつけるようにしながら、耳元でさしせまった声をあげる。

「千香さん……千香さん」

修吾も名前を呼びながら、体内を指で攪拌《かくはん》した。

熱く滾る肉襞がまったりとからみつき、指が千香の昂りを感じる。子宮口の前側を叩くように押し、さらに、入口に近いざらつきを擦りあげると、

「ぁあああぁ、ぁああうぅぅぅぅ……」

女が感じているときの低く、絞り出すような喘ぎが洩れ、

「いい……もう、イク……お義父さま、千香、もうイッちゃう！」

千香は下腹をもどかしそうに揺らして、ぐいぐいと押しつけてくる。

呑み込まれていく指先で、前面のざらつきを擦りつづけた。

「あう……あう……くくっ……イク。イキます」

「そうら、イケ」

指腹でGスポットを強めになぞると、

「くっ……！」

千香は身体を揺らし、痙攣しながらのけぞりかえった。

昇りつめてもなお、まだ女の坩堝は収縮しながら、指を締めつけてくる。

3

二人は修吾の部屋にいた。

修吾はビデオカメラをセットしている。千香が二人の姿を記録しておいてほしいと言ったからだ。

映像が残るということは、二人の不倫の証拠を残すことだ。

「いいのか？」

と確認すると、千香はこう言った。

「はい……不遜《ふそん》な言い方ですが、お義父さまにはわたしがいない間もわたしを感じていてほしいんです」

そう請われれば、修吾もダメだとは言えなかった。

修吾はデジタルビデオカメラのセットを終えて、録画のスイッチを入れる。

液晶モニターに、ベッドに腰をおろした千香の姿が映っていた。

「ネグリジェを脱いでくれないか？」

言うと、千香は恥ずかしそうにこちらを見て、立ちあがり、ネグリジェの裾に手をかけた。パラシュートのようにまくりあげていく。

すでにパンティは脱いでいた。

すらりと長い足がむっちりとした太腿に繋がり、長方形の漆黒の翳りとともに女らしい丸みをたたえた腰が見えた。

さらにまくると、引き締まった腹部がのぞき、円錐形に実った乳房がぷるんとこぼれ出た。

ハッと息を呑んでいた。

夫婦の営みを覗いたときに見えたものの、こうして乳房を目の当たりにしたのは初めてだった。

間近で見る乳房は、肉がみっちり詰まって充実しきっていた。

透けるような色白の乳肌が張りつめ、青い血管が浮き出て、赤い乳首がツンと上を向いてせりだしている。

録画されているという意識があるのだろう、千香はこちらをちらっと見て、目を伏せ、乳房を手で覆い、太腿をよじり合わせて女の証を隠した。

カメラを意識して羞恥に身を揉む姿が、修吾の男心を駆り立てる。そして、修吾もカメラを通して見る千香の姿に、これまでになかった昂りを覚えてもいた。

気づいたときはこう言っていた。

「きれいに映っているよ。千香さん、ベッドに座ってオナニーしてごらん」

千香はしばらく考えてから、いやいやをするように首を振った。

「千香さんがオナニーする姿を見たいんだ。やってくれないか?」

今度は頼む形にすると、千香はちらっとこちらを見て、ベッドの端に腰をおろした。

「できれば、這ってやってほしい。ベッドに四つん這いになって、こちらにお尻を向けて……できるね?」

「……はい」

千香がベッドにあがり、おずおずと四つん這いになる。

正面を向いてするよりも、後ろを向けることは、女性にとっては恥ずかしく、屈辱的でさえあるだろう。

あるいは、朱美との経験が自分をより大胆な欲求へと導いたのかもしれない。

千香はカメラに尻を向けたものの、手で尻たぶの狭間を隠している。

「はじめてごらん」

ややあって手が外され、その手が腹のほうから繊毛の翳りのこちら側に向かって伸びてくる。そして、潤みに沿って静かに上下動をはじめる。

ぷっくりとふくらんで変色した肉土手の狭間に指がすべり、ネチッ、ネチャッと淫靡な音がする。

「そうら、千香さんのいやらしい姿がモニターに映っているぞ」

モニターを眺めながら、言葉でなぶる。

「ぁああ、やっ……恥ずかしい、いや、いや……」

そう言いながらも、千香の指づかいは激しく、速くなり、フリルのような肉びらがひろがり、内部の赤みがさらされる。

右手がいったん引いていき、今度は上から伸びてきた。

尻のほうからまわり込んできた長くほっそりした指が、女の淫らな花に吸い込まれていく。

「くっ……！」

銀杏形《いちょうがた》の尻がビクンッと躍り、根元まで埋まった指が体内を叩きはじめる。指の抽送がはじまり、

「あっ……あうぅ……くうぅぅ」

千香は顔を上げ下げして、声を押し殺す。

細く長い指が見え隠れし、透明でぬめ光るものがあふれでて、恥毛までも濡らす。

「そうら、千香さんのあそこがいやらしい音を立てている」

思わず言葉でなぶっていた。

「ああ、いやっ、恥ずかしい……いや、いや」

羞恥に身を揉みながらも、指づかいは激しさを増していく。

「ぁあああ、ぁあああぁ……」

千香は心の底から感じているかのような声をあげながら、身体を斜めにしてこちらを見た。

女の情欲を浮かべ、何かにすがるような目がたまらなかった。

修吾も急いでパジャマを脱ぎ捨て、ブリーフもおろした。転げ出てきたものはあさましいほどに猛りたっている。

熱いほどの肉棒を握って、しごいた。

千香もこちらを見ながら、指を尻の底に叩き込んでいる。

先走りの粘液を噴き出した肉棹が、しごくたびにネチッ、ネチッと音を立て、千香の膣から発する淫靡な音と共鳴する。

眉をハの字に折り曲げ、泣き出さんばかりの顔を向けていた千香が、言った。

「こちらに来て……ひとりじゃ、いや」

哀願するような目を向けられると、修吾も願いを叶《かな》えてやりたくなる。

ベッドまで歩いていき、しゃがんで、尻を引き寄せた。

尻の底でそぼ濡れている肉貝を指でひろげて、内部の赤みに舌を走らせる。

「くっ……」

ビクンと総身を震わせて、千香が声を押し殺す。

蜜にまみれた女の証は舐めると、少ししょっぱくて、濃厚なプレーンヨーグルトのような味がする。

蜜をすくいとりながら、唾液を塗り込めた。フードをかぶった突起があり、フードを脱がすと、赤い小さな豆が頭をもたげていた。

珊瑚色《さんごいろ》の突起に舌を這わせる。上下に舐め、左右に弾くと、

「あっ……あっ……」

微弱電流に打たれたように、尻が痙攣する。

ふと見ると、尻たぶの間で、セピア色の窄まりがあらわになって、ひくひくっとうごめいていた。小菊に指を添えて、くりくりと転がした。

「んっ……そこは、いやっ」

尻たぶがきゅんと窄まる。

「ここを触るのは初めてだね。千香さんのすべてをこの指で確かめておきたい。覚えておきたいんだ」

思いを伝えると、千香の抗いがやんだ。

修吾は唾液で指をまぶし、さらに恥肉の蜜を窄まりになすりつけた。

幾重もの皺を集めた部分を指でなぞり、円を描くように撫でると、窄まりがイソギンチャクのように収縮して、

「やっ……くっ、くっ……」

千香は尻たぶを引き締めたいのを必死に耐えている様子で、裸身を震わせる。

修吾はそこに顔を寄せて、舌でなぞった。

「くっ……やめてください……お義父さまに汚いことはしてほしくないの」

「汚くなんかないさ。こうしていることが幸せなんだ」

言い聞かせて、舌先を尖らせ、窄まりを突くようにする。

尻を開かせると、アナルの皺が伸びて、つるっとした周辺があらわになる。その中心に尖った舌先を押し込むようにする。

風呂できれいに洗ったのだろう、匂いも味覚もない。

だが、千香が羞恥に身をよじるのを感じるだけで、気持ちが昂る。

そして、最初はいやがるだけだった千香の気配が少しずつ変わりはじめた。

「あっ……あっ……」

思わず洩れてしまうという声をあげ、自分の身に起こったことに驚きながらそれを受け入れている様子で、前傾姿勢になって顔を埋めている。

こらえきれなくなった。

アナルセックスの経験はないが、指を挿入したことくらいはある。

唾液を指と窄まりにたっぷりと付着させ、とば口に指をあてた。

「千香さん、力を抜いて……」

言って、慎重に中指を押し込んでいく。

「くっ……やっ……」

裏門がきゅっと引き締まった。

「力を抜いてごらん」

千香がふっと息を吐いて、括約筋がゆるんだ。静かに力を込めると、ぷつっと解ける感触があって、中指が第一関節まですべり込んだ。

「ひっ……」

括約筋がきゅ、きゅっと締めつけてくる。

「もっと入れるよ」

押し込むと、指が第二関節まで嵌まり込んだ。

そして、狭い肉路が侵入者をもっと内部へと誘い込むように、くいっ、くいっとうごめく。

「すごいぞ、千香さん。指が吸い込まれるようだ」

「ぁああ、動けない。それ以上しないでください」

「わかっている」

押し込んだ指を振ると、内部の濡れた扁桃腺のようなものが指にまとわりついてくる。

「あっ……ダメっ……出ちゃいそう」

千香が訴えるので、アナルに挿入した指はそのままにして、もう片方の手で恥肉を愛撫する。

陰唇はめくれあがり、内部の潤みがあらわになっていた。そこを指腹でなぞると、蕩けた粘膜が指を心地よくさせる。

ぬるっと指が吸い込まれていく。熱く滾った肉路を指で弾くと、

「あっ……あっ……」

千香はひとしきり喘ぎ、

「ぁああ、お義父さま、お義父さま……」

と、切羽詰まった声をあげる。

「どうしたんだ?」

わかっていて聞く。

「ぁあうぅ、ください……」

「くださいって、何を？」

「ああ、言わせないで」

「言わなくてはわからない。どうされたい？」

言葉でなぶりながら、修吾はひどく昂っていた。

「どうしてほしいんだ？」

「ああ、それを……お義父さまの硬いものをください」

「硬いものとは？」

「……言えません」

「言いなさい」

千香はためらっていたが、やがて、消え入るような声で言った。

「おチン……チン……」

「もう一度、はっきりと、それをどこに欲しいんだ？」

「ああ、言います。お義父さまのおチンチンを、千香のなかに」

「千香のなか？」

「……オマ×コ、千香のオマ×コ」

そのものずばりの猥語を口に出し、それを恥じるように千香はうつむき、「うっ、うっ」と嗚咽《おえつ》を洩らす。

「今の言葉もすべて、記録されているんだよ」

「ええ、わかっています……ああ、もう……」

「身体の向きを変えなさい。カメラに顔がよく見えるように」

言うと、千香はおずおずと身体を移動して、カメラのほうを見る。そして、恥ずかしそうに顔を伏せる。

修吾の分身はフェラチオしてもらう必要がないほどにいきりたっていた。後ろにまわって屹立を押しあて、ゆっくりと腰を進めていく。

温かい滾りを硬直が押し割り、

「はうぅぅ……」

千香が顔を撥ねあげた。

「おおぅぅ……」

と、修吾も唸っていた。

ひさしぶりに味わう千香の体内だった。そこは幾重もの肉襞がうごめくようにして分身にまったりとからみついてくる。

もっと味わいたくて、腰をつかみ寄せて、ゆったりと突いた。

「おおぅ……くうぅぅ」

奥歯をくいしばっていた。蕩けた内部が抜き差しに逆らうように肉棹にまとわりついてきて、一気に射精感が押し寄せてきた。

いったん動きを止めて、昂りをおさめた。この先どうなるのかはわからない。だが、これが最後のセックスになる確率が高い。

それなら、とことん千香の肉体を味わいたい。

また腰を打ち据えていく。硬直がめり込み、尻と腹があたるたびに、

「あっ……あっ……」

千香は頭を撥ねあげ、背中を弓なりに反らして、伸ばした手でシーツを握りしめる。

「千香さん、前を見て。カメラのレンズを見なさい」

言うと、千香がためらいながらも顔をあげた。

そして、いやっと顔を伏せる。

「見なさい。カメラが人の代わりだ。千香さんは、人に見られているほうが感じ

るんだろ」

　そう言いながら、朱美のことを思い浮かべていた。

　朱美と千香は似ていると感じていた。朱美のほうがずっと積極的で現れ方は違うが、根っこのほうで似ているように思った。

「そうだね？」

「……わかりません。ただ、こうしているといやだけど、でも……」

「感じるんだね？」

「はい……」

「あとでこのビデオを、沖縄に送ってあげるからね」

　そう言って、修吾はなだらかにくびれた腰をつかみ寄せて、腰を打ち据えた。

　衝撃があり、下を向いた乳房が揺れ、

「あっ……あっ……」

　艶かしく喘ぎながらも、千香はカメラのレンズを見つづけている。

　そのしどけない雰囲気が、修吾をかきたてて、いっそう腰づかいが激しくなる。

　強く叩きつけておいて、前に屈み、乳房を荒々しく揉みしだいた。豊かな弾力を持つふくらみが押しつぶされて無残に形を変える。

「千香のオッパイが握りつぶされているところが、ビデオに映っているぞ」

「はい、はい……」

いたいけにせりだした乳首をくりっ、くりっと強めにこねると、

「あうぅぅ……つらいわ。でも、気持ちいい……お義父さま、突いて。思い切り突いて」

修吾は乳房に指を深々と食い込ませながら、後ろから腰を叩きつけていく。

バチッ、バチンと破裂音が爆《は》ぜて、

「ぁあああぁ、いい……ぁあんん……突き刺さってくる。お義父さまのが突き刺さってくる。千香をメチャクチャにして」

「よおし、メチャクチャにしてやる」

修吾は思い切り、腰をつかった。

深く腰を入れると、分身が深いところに嵌まり込み、奥を突くのがわかる。そして、千香は上体を低くし、腰だけを高々と持ちあげる姿勢で、

「あんっ、あんっ、あんっ……」

気持ち良さそうな声をスタッカートさせる。

両手を前に投げ出し、顔を横向けて、腰を後ろに突き出したその姿が、自分に

すべてをゆだねられている気がして、修吾はいっそう昂る。

「そうら、千香さん、千香！」

強いストロークをつづけざまに叩き込むと、千香は「うっ」と呻いて、前に崩れていった。

気を遣ったのか、腹這いの姿勢で背中や尻を痙攣させる。

だが、修吾はまだ男の精を放ってはいない。

この状態で女に気を遣らせたことに男の矜持《きょうじ》を感じた。

最後は向かい合って、顔を見合わせてイキたい。千香の体内に男の証をしぶかせたい。

千香を仰向かせて、膝をすくいあげながら、屹立を押しあてる。腰を入れると、硬直がぬるりと嵌まり込み、

「はうっ……！」

千香は息を吹き返したように顔をのけぞらせ、それから、修吾を見た。黒い瞳が潤んでいて、なかば焦点を失いながらも、じっと修吾を見あげてくる。

その泣いているような、すがりつくような女の視線が、修吾をいっそうかきたてた。

修吾も追い込まれている。

すらりとした両足を左右の肩にかけて、そのままぐっと前に屈むと、女体が腰のところから折れ曲がった。

千香の腰が浮き、分身が膣に深々と嵌まり込むのがわかる。

修吾は前に乗り出しているので、千香の顔をほぼ真下に見ることができる。

千香の表情を見ながら、腰を打ちおろした。猛りたつものが杵《きね》のように、肉の臼《うす》をうがち、

「くうぅぅぅ……」

白い歯列をのぞかせて、千香がのけぞった。

繊細な顎が突きあがり、千香は両手でシーツを握った。

修吾が腰を引いて、また打ち込むと、千香は握ったシーツを持ちあげて、仄白い喉元をさらす。

ふいに、これが最後になるかもしれないという思いが、胸をよぎった。

千香をとことん追い込みたい。そう感じて、強く腰を叩きつける。

ふくらみきった肉の鉄槌《てっつい》が膣肉を深々とうがち、亀頭部が奥のほうを叩きながら擦りあげ、

「ぁあぁぁ……くうぅぅ……あっ、あっ……あうぅぅぅ」

千香は両手を彷徨わせ、すがりつくところをさがし、枕の縁をつかんだ。

額に噴き出た汗がポタッ、ポタッと落ちて、千香の顔面や首すじを濡らす。それさえ気にならない様子で、千香は顔をのけぞらせつづけている。

「そうら、千香さん、千香！」

名前を呼びながら、最後の力を振り絞った。

「あっ……あうぅぅ……イク。また、イク……」

千香の声が切羽詰まっている。

「出すぞ。千香のなかに出すぞ」

「ああ、ください……お義父さまを欲しい」

千香が眉をハの字にして、修吾を見た。

「よおし、そうら、千香……」

汗は滴りつづけている。息も切れかけている。だが、今、ここで途中下車するわけにはいかない。

残り少ないエネルギーをすべて注いで、息を詰めて叩きおろした。

「あうっ、あうっ……すごい、すごい……イク、お義父さま、イキます」

千香は両手で修吾の腕につかまって、哀切に見あげてくる。

「そうら、イケ。出すぞ。出すぞ」

たてつづけに腰を打ちおろすと、射精前に感じる疼きが急速にひろがった。

「ダメッ……イクぅ。イキます……」

「おおぅ、出すぞ」

強いストロークに切り替えて、ぐいっぐいっと奥まで叩き込んだとき、

「イクぅ……やぁあああぁぁぁぁぁぁぁぁ、はう！」

千香は顔が見えなくなるほどにのけぞりかえった。

膣肉が絶頂の痙攣をするのを感じながら、さらにもう一撃浴びせると、修吾にも至福が訪れた。

「おおぉ、ぁあああぁぁ」

獣のように吼えていた。

ドクッ、ドクッと精液があふれでるのを、はっきりと感じ取れる。

気持ち良すぎた。下半身はおろか脳味噌まで蕩けていく。

修吾は下腹部を押しつけて、射精の悦びにひたった。

千香の体内はまるで精液を搾り取るかのような動きで、ひくひくっと収縮して

いる。

すべてを打ち終えたとき、修吾は自分が空っぽになった気がした。だが、それが心地よい。

離れたくなかった。

修吾は肩にかけていた足をおろし、女体に覆いかぶさっていく。はあはあと息を荒らげたまま、千香を抱きしめた。

千香も修吾を抱き返してくる。

汗ばんだ肌が重なって、それがひどく心地よい。

「もう少し、こうしていていいか？」

聞くと、千香は目を開けて、

「はい……うれしいです」

肩にまわした腕に力を込めた。

4

千香が沖縄に発って、一カ月が過ぎていた。

二人は那覇《なは》市の広々としたマンションに住んでいて、慣れないながらも快適な暮らしをしているらしい。

修吾はひとりになり、寂しさも感じたが、それにかまけていては生活ができない。身の回りのことをすべて自分でやっていかなければならないのだから。会社のほうはつづいている。今や、週に四日倉庫で働くことが、生活のリズムを作っていた。

食事は簡単なものは作れるが、複雑なものは冷凍食品を解凍、加熱して摂った。洗濯や掃除も自分でした。

独身時代に戻ったようだった。すべてを自分ひとりでやっていたあの時代に。

その朝、紅葉をはじめた木々を見ながら駅まで歩いた修吾は、いつもの電車に乗り込んだ。

車内は相変わらずの混みようで、修吾は人の波に押されながらもこちら側のドア付近に張りついた。

駆け込み乗車をしてきた女に目を奪われた。雰囲気が千香に似ていたからだ。

千香と体型が似ていて、顔はこちらのほうがぽっちゃりしているものの、やさしげで、流れるようなウエーブヘアの髪形も同じだった。スーツを着ているから、どこかのＯＬだろうか。

ドキッとしているうちにも、女は自分の居場所を確保するかのように修吾とドアの間に身体を押し込め、そして、ドアのほうを向いた。

すぐにドアが閉まって、電車が動き出した。

目の前に、女のつやつやした黒髪とスーツに包まれた背中があった。

触れてしまえば、またよこしまな欲望が目を覚ましそうで、修吾はドアのガラスに手をついて、後ろからの圧力をこらえた。

だが、電車が揺れた弾みで、修吾の下半身に女の尻が触れた。その弾力に満ちた尻を感じた途端に、あの欲望がせりあがってきた。

(ダメだ。せっかくここまで抑えてきたんだ。ダメだ……)

必死にこらえようとした。

だが、女は千香に似すぎていた。千香との蜜月時代が脳裏をよぎり、同時に記憶が肉体にも及んで、分身が力を漲らせる。

そして、硬くなりはじめたズボンの股間に女の尻のふくらみを感じ、柑橘《かんきつ》系のシャンプーの香りに鼻孔を甘く刺激されると、もうひとりの自分が修吾を突き動かした。

修吾はドアについていた右手をおろして、股間の前に持っていく。手の甲を女に向けているのは、いざというときに股間が尻に触れないようにカバーしていたという言い訳をするためだ。

手の甲に、女の尻の弾力を感じる。

女は尻に手が触れていることに気づいているのだろうか？

だが、女は前を向いて、ドアの窓から外の景色を眺めているだけだ。

何かの本で、手の甲をあてているうちは問題ないが、手のひらをあてると、明確に痴漢の意志があったとみなされると読んだことがあった。

それはわかっていた。わかっていながらも、何かが修吾を突き動かしていた。

おそるおそる手を裏返して、手のひらで尻を包み込むようにした。そっとだ。触れるか触れないかくらいにかすかに。

女の尻がこわばるのが、スカートを通して感じられた。

やはり、わかっているのだ。

だが、女はかるく腰をよじっただけで、強く拒もうとはしない。

（満員電車ではこのくらい仕方がないと思っているのだろうか？　それとも……）

様々な思いを駆け巡らせながらも、女が拒まないのをいいことに、修吾はしばらくそのまま手のひらを尻の形に沿って押しあてていた。そっと包み込む感じだ。緊張の糸が張りつめて、またあの耳鳴りが聞こえてきた。血液が血管をすごい勢いで流れる音が。

尻に押しあてた手のひらに、汗がじっとりとにじんできた。

電車が揺れるたびに、女が足を踏ん張り、筋肉のこわばりが感じられる。

修吾は手のひらをおろしていき、太腿から尻へとつづくふくらみを静かになぞった。

その瞬間、女が振り返った。

千香よりも穏やかでぽっちゃりした顔が、修吾を鋭くにらみつけてくる。

ハッとして、修吾は手を外して、うつむいた。

その間に、女がドアのほうに向き直った。

顔もあげられなかった。居たたまれない、消えてなくなりたい。

恐縮している間に、電車が速度を落として駅で停まり、乗客の乗り降りがあって、電車は駅を離れる。

降りる客よりも乗ってきた客のほうが多く、修吾は後ろからの圧力に押されて、女の背後に密着する形になった。

女がいやそうに腰をよじった。

だが、修吾の屹立は女の尻の狭間を突いている。

まずいとは思うのだが、その反面、この偶然性を歓迎したい気持ちもある。

電車が揺れるたびに、股間のものが女の尻を突いた。

女はわかっているはずなのに、もう腰を逃がそうとはしなくなっていた。

何となくだが、女が性的昂奮を覚えているときの気配が感じられる。

時々、腰をよじって、硬直の感触を味わうようなことさえする。

(どうせ、今は独り身だ。千香さんも沖縄に行ってから、たまにしか連絡をくれなくなった。俺は孤独な熟年だ)

なかば自棄《やけ》で、修吾は右手をおろしていき、少し屈むようにしてスカートのなかに入れた。

慎重に右手をあげていき、太腿の間へとすべり込ませた。

ビクッとして、女が腰をよじった。

かまわず、手のひらを尻の底に張りつかせる。

手をつかまれたら終わりだ。冷や汗が一気に噴き出てくる。

女が腰を逃がした。弾き出されそうになる手で、股間を追った。

右へ左へと揺すられていた腰が、やがて、諦《あきら》めたかのように動かなくなった。

(いいんだ。もっと触っていいんだな)

中指を立てて、おずおずと基底部をなぞった。

パンティストッキングのざらつくようでなめらかな質感を通して、女の証が柔らかく沈み込むのを感じる。

女は肘で修吾を突いた。右に左に尻を逃がした。

修吾は何かにとり憑かれていた。自分が自分でないようだった。

基底部を指で撫で、時々指を立てて柔肉の中心を突く。それを繰り返しているうちに、女の抗いが徐々にやんだ。

完全にうつむきながらも、足を少し開いて、尻を後ろに突き出してくる。

まるで、もっと触ってとでもいうように。

その瞬間、修吾の頭のなかで射精が起こった。女の身体が女の意志を裏切っていく、この瞬間——。

触りやすくなった股間を、いっそう強く愛撫した。

中指で狭間を何度もなぞり、突きたてる。

女の腰が前後にくねりはじめた。

女は乗客に悟られないように平静を保っている。だが、下半身は修吾の指づかいに応えて、前後に揺れている。

柔らかく沈み込む女の秘部をさすったり、突いたりするうちに、女の肩ががくっ、がくっと揺れはじめた。

肩ばかりではなく、腰も落ちかかる。

洩れそうになる声を必死に押し殺している。

修吾の股間も、ズボンを突き破らんばかりにいきりたち、先走りの粘液がブリーフを濡らしていた。

今、自分は誰ともわからない女の秘部を触っている。そして、女は最初はいやがっていたのに今は感じている。昂って、崩れ落ちそうになっている――。

相手の素性や職業、年齢、独身か結婚しているのかもわからない。彼女だって同じで、修吾のことは何も知らない。

だが今、二人は確かに通じ合っている。

この指先と女の恥肉が共鳴しているのがわかるのだ。

修吾は女の手をつかんで、後ろに導いた。

一瞬引いていった手が、股間の勃起に押しつけられると、そのままになった。深々とうつむき、左右に分かれた髪から楚々としたうなじをのぞかせて、見ず知らずの男の肉茎をさすってくる。

女の震えを感じながら、修吾もパンティストッキング越しに恥部を撫でさする。ぐいっと差し込んで、上方の肉芽をとらえた。

パンティストッキングを通しても、しこって飛び出しているのがわかる突起をゆるゆるとまわしながら刺激する。

「あっ……」

ビクビクッと女が震えた。

後ろ手に勃起を触っていた指が、ぎゅっと肉茎を握りしめてくる。

女がいやいやをするように首を振った。

それが、女が一線を越えてしまうことへのささやかな抵抗であることも、修吾にはわかった。

中指でクリトリスをかるく叩いた。

ビクッ、ビクッと女の震えが大きくなった。

「しごいて……」

髪に隠れた耳元で、女だけに聞こえる声で囁いた。

女はまるで催眠術にでもかかったように、後ろ手に肉棹を握って擦ってくる。

そうしながらも、修吾に身を預け、がくっ、がくっと膝を落としかける。

女が気を遣りそうなことは感じられた。そして、修吾も射精前に感じる甘くて痛切な昂りにとらえられていた。

「あっ……くぅぅぅぅ……」

女の全身がぶるぶる痙攣しだした。

パンティストッキングの上から突起を速いリズムで叩くと、

「うっ……！」

女は息を吸い込み、顔を撥ねあげた。それから、ぐったりと身を預けてくる。

(女は気を遣った。自分の指でイッたのだ……)

そう思った瞬間、修吾も精を放っていた。

熱い粘液がブリーフに溜まっていくのを感じながら、崩れ落ちそうになる女を支えてやる。

直後に電車が停止した次の駅で、女はよろよろしながら乗客をかき分けて、反対側のドアから転げるようにホームに降りた。

ドアが閉まり、電車が駅を離れても、修吾はひとり車中に残っている。精液の栗の花に似た匂いが拡散して、周囲に気づかれるのを恐れながらも、ドアの窓を、後ろに流れていく景色を眺めている。

千香との日々を思い出して、物足りなさを感じながら……。

◎書き下ろし

二見文庫

満員電車《まんいんでんしゃ》

著者　霧原一輝《きりはらかずき》

発行所　株式会社 二見書房
東京都千代田区三崎町2-18-11
電話 03(3515)2311［営業］
03(3515)2313［編集］
振替 00170-4-2639

印刷　株式会社 堀内印刷所
製本　合資会社 村上製本所

落丁･乱丁本はお取り替えいたします。
定価は、カバーに表示してあります。

ISBN978-4-576-12066-9
http://www.futami.co.jp/

熟れた教え子

KIRIHARA,Kazuki
霧原一輝

63歳の大学教授・辰雄のためにかつての教え子たちが開いてくれたパーティ。その中に28歳の人妻・智子がいた。「相談ごとがある」と言い、自宅に訪ねてくる彼女。辰雄にも再婚で40歳の妻・扶美子がいて、かつての教え子の一人であった。芙美子が智子に「当分の間うちにくれば」と提案、男一人、女二人の生活が始まるが……。人気作家による、熟年におくる書き下ろし回春官能。

叔母のくちびる

KIRIHARA,Kazuki
霧原一輝

17歳の智也にとって叔母・美詠子は昔から憧れの対象であり、初恋の女性でもあった。お盆の夜、叔父と叔母との情事を盗み見した智也は、彼女の恍惚とした表情に見とれてしまう。それを機に叔母を女として意識し始め、悶々とした日々を過ごすことに。その後、再び叔父の家に泊まるチャンスが訪れ——。人気作家が書き下ろした青い官能ロマン！

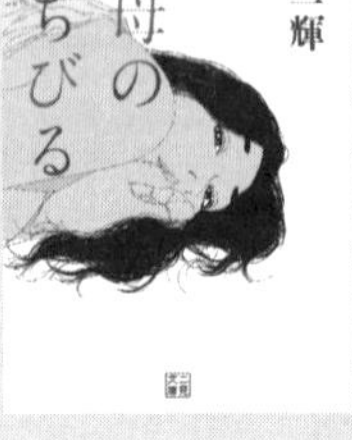